Franz von Kobell

P'älzische G'schichte'

In der Mundart erzählt

Franz von Kobell

P'älzische G'schichte'
In der Mundart erzählt

ISBN/EAN: 9783742898845

Hergestellt in Europa, USA, Kanada, Australien, Japan

Cover: Foto ©Andreas Hilbeck / pixelio.de

Manufactured and distributed by brebook publishing software
(www.brebook.com)

Franz von Kobell

P'älzische G'schichte'

Der Gräfin

Charl. von Fugger-Glött,

Hofdame Ihrer Majestät der Königin Maria von Bayern.

Als freundliches Andenken

gewidmet

Inhalt.

	Seite
'S Photographiee'-Lische	1
'S Gbrges Philippin'	15
Die G'schicht vum Frih Bohrer	35
'S schlof'nde Lottche'	67
Die Käser's	81
Freund Grogmann	105
Die Kosafe'	121
'S Lische vun Erbach	157
Drei Freier	177

'S Photographice'=Lißche.

1.

Es war e' Weinhändler in Neustadt, der hot Kercher g'hese un' hot e' gar schöni Tochter g'hat, die hot Lische g'hese. Deß Lische war der bsunnere Stolz dun der Fraa Kercher, ihrer Mutter, die in se neig'schaut hot wie in en Spiegl, dann 's Lische war aach e' g'scheut' un' gut Mädche. Deßwegn hot se dann eme junge Mann, eme gewisse Herr Ring, erschrecklich g'falle un' weil er viel Geld g'hat hot so is er aach bal' mit seiner Passion un' seine Heuratsgedanke rausgeruckt un' hot gemeent, es könnt gar nit anders sei, als daß deß Mädche „ja" sage thät, aber deß Mädche hot „ne" g'sagt. Deß hot den Ring gewaltig verbrosse un' der alte Kercher hot sich aach e' bische b'rüber geärgert, un' hot'n zu beschwichtige g'sucht, 's Lische wär' noch zu jung, es thät sich vielleicht später mache un' was mer halt bei solche Fatalitäte vorbringt. An dem ganze Ring war aber sei Geld die Hauptsach, dann sunscht war's ke' bsunners äschtimirte Persönlichkeit un' dem alte Kercher hot aach nit viel an 'm g'falle als halt sei' Geld. Aber Geld regiert die Welt un' beswege hot der Kercher dem Heiratscandidat nit gradeweoch vor be Kopp stoße wolle.

So is dann der Ring doch als wieder in's Haus kumme un' hot sei' Couralie' gemacht schun beswege', weil er sich hot weiß mache wolle, 's Lische hätt' nor aus Zimperlichkeit sei' Offert refusirt un' e' rechter Ernscht wär' nit dabei gewest. 'M Lische war's aber werklich Ernscht, dann sie hot e' heemliche Liebschaft g'hat, die ke' Mensch hätt' b'erroth'n könne'. Deß war nämlich so. Es sin' sellemol die Album's for Photographiee' Mode worre' un' 's Lische hot so e' Album g'hat un' hot unner annere aach Porträts vun Dichter gsammelt, dann sinnige Mädcher, wie se eens war, halte' was uff die Poesie un' uff die Dichter. Un' so hot se dann vun Schiller un' Göthe a' allerhand Dichter = Notabilitäte' in ihrem Album g'hat. Jetz hot se emol beim e' 'rum = resnde' Photographe' e' Porträt vun emme junge' Mann g'sehe, in beß sie sich förmlich verliebt hot. Der Photo = graph hot selber nit gewißt wer der Mann war, hot 'n halt emol gemacht wie annere. 'S Lische kaaft sich beß schöne Bild un' legt's in ihr Album zu be' Dichter und wie se ihr Vater emol brüber gfrocht hot, weil er aach all's neigeguckt, so sächt' se, freilich e bische' ver = lege', sie hätt' g'hört, es wär' 's Porträt vum Dichter Heyse. „Was beß for Sache sin', sächt der Alte, heu = tig's Tag's wachse die Dichter wie die Champignon's über Nacht, meiner Zeit hot mer en' Schiller g'hat un' en Göthe un' somit Punctum un' war aach genug, dann wer kann dann all' die Vers' lese' un' beß Zeug', beß se emm vormache." „Der Heyse, lieber Vater, sächt 's Lische, hot gar hübsche italienische Novelle' g'schriebe." „So? no' wege meiner, so schreib' aber aach be' Name brunner, wie bei be' annere, baß mer doch weeß wer's is." Un' 's Lische schreibt in Gottesname' Heyse brunner un' hot sich dabei gedenkt, bem Heyse thät ke' Unrecht mit g'schehe', bann er könnt' wohl zufriede' sei', wann er so e' hübscher Mann wär'. Der Mutter aber habe' so Sache' g'falle un' sie hot gern bei Visite beß Album producirt un' es bische' mit bene gelehrte un' poetische Bekanntschafte renomirt.

Mer kann sich wohl benke wie oft beß Lische ihr Album stubirt hot wege' bem vermeentliche Heyse. Ach Gott, ben Mann wann ich emol sehe' könnt', hot sie nocher gedenkt, was wär' ich glücklich. Wer's nor sei' könnt'? er hot so was Geniales in seiner Physiog= nomie, so was Nobels in seiner Haltung, wann's nor nit gar e' Prinz is. So hot se geschwärmt un' beß Heemliche un' Eigenthümliche bun ihrer Lieb' war aach ganz bazu gemacht. Natürlich sin' solche Verhältnisse for ben Herr Ring sehr ungünschtig geweßt un' sie hot ihr' Freed kaam verberge' könne wie ber amol uff' e' paar Woche' in G'schäfte' noch Meenz abg'fahre is. — Juscht am selle Tag is e' Gascht a'kumme, e' frember G'schäftsreisender, Namens Ziechler, un' hot'n ber Herr Kercher zum Souper ei'gelabe' un' ber Fraa Kercher g'sacht, es wär' e' wichtige Person for sei' G'schäft un' mer soll e' seines Souper richte' un' bie Dame solle' sich hübsch anziehe'. Deß is bann aach g'schehe' un' 'ß Lißche hot zum Ueberfluß vier schöne silberne Leuchter aus'm Silberkaschte' g'holt un' rosefarbene Stearinkerze' bruff g'steckt un' uff die Tafel g'stellt, un' in die Mitt 'e Bouquett vun Jasmin un' Levkoje. Die Mutter hot ihr blau Gros de Naples-Kleeb angezoge' unb 'ß Lißche ihr appelgrü' Seide=Kleeb, sie hot damit so lieb= lich ausg'sehe wie e' Ros' im Garte'.

Der Herr Ziechler is dann zur bestimmte Stunt' a'kumma un' vum Herr Kercher un' ihr gar höflich empfange' worre' un' e' bische später is beß Lißche er= schiene un hot se der Vater vorg'stellt. Wie beß Mäbche' bem Ziechler in die Aage' schaut, werd se uffemol ganz blaß un' werd ihr ganz thormlich, baß se sich kaam hot halte' könne', dann weeß Gott, der Mann is beß Original vun ihrer geliebte Photographie! Der Vater un' die Mutter habe' for lauter Aufmerksamkeit for ihren Gascht die Verlegenheit vun dem Mäbche nit bemerkt un' aach die Aehnlichkeit mit dem gewisse Heyse is ihne' nit uffg'falle'. So hot mer sich bann g'setzt un' soupirt unb war der Frembe recht artig, hot 'ß Lißche alls mit Intresse un' Wohlg'falle' betracht' un' allerlei G'spräch' mit ihr a'gfangt, aach vum Theater, vun Opere, Romane un' Gedichte un' was so Mäbcher interessirt. 'S Lißche hot schier schüchtern geantwort un' beß nit viel un' so hot die Mutter Kercher ge= meent, sie müß' for sie 'ß Wort nehme' un' sächt: „Mei' lieber Herr Ziechler, ich soll'ß nit sage', aber mei' Lißche' kennt alle Dichter, ich bin'ß aach zufriede'

un' meen' es steht eme Mädche gut, wann se Sinn
for 's Poetische hot, du lieber Gott, die Prosa bleibt
im Lebe' doch nit aus. Sehe' Se emol, fächt se un'
nemmt vum e' Spiegeltischche beß photographische Album,
was mei Lische schun e' ganzi Gallerie vun Poete'
beinanner hot." 'S Lische hot gemeent, sie muß in
be' Bobbem sinke', wie der Ziechler beß Buch uffmacht
un' 'rumblättert.

Do fangt er uffemol zu lache a' un' halt' sei Por=
trät nebe' sich, baß se's all' habe' sehe' könne un' fächt:
„Ei der tausend, wie kumm' ich zu der Ehr' bo heriu
als Dichter Heyse zu figurire'?"

Wahrhaftig was e' Aehnlichkeit, fächt der Kercher
un' 's Lische' is roth worre' unb fächt verlege': „Als
wann's Ihr Bruder wär'." Ne, ne, nir Bruder, fächt
der Ziechler, baß beß mei' Photographie is weß ich
gewiß, ich hab' se in Strasborg mache' losse, aber der
Künschtler werd sich gebenkt habe', 'n Herr Ziechler
werb niemand for e' Album kaafe un' bo hot er 'n
Heyse b'raus gemacht." Do habe sie dann all' gelacht,
aber die Mutter hot artig bemerkt, baß so e' hübsch
Bild jebermann g'falle' muß, gleichviel was for'n Name'
bes Original hot un' 's Lische hot mit'm Kopp bazu
genickt un' babei ihrn Freunb mit e' paar Aage' ange=
guckt, beß der vum selle Moment a' in beß Mädche
sterbns verliebt worre' is. Er is jetz alle Tag in's
Haus kumme un' weil sei' schöni Liebesfeschtung schun
erobert war, eh' er se nor g'sehe', so ist nir zu capi=

tulire gewest un' wie er, 's is kaam e' Woch 'rum=
gewest, im e' günschtige Aageblick zum Lische' g'sacht
hot: „Hören Se liebes Lische, wolle' Se mich glück=
lich mache', wolle Se mich heurate', so ist'm 's Lische
um be' Hals g'falle' un' war der Himml voll Geige'.
Eh' er aber beim Vater förmlich um se a'halte' woll',
hot er g'sacht, so möcht' er der Erlaubniß bun sein'm
Principal versichert sei', bie nit fehle' könnt' un' so
woll er noch vorher uff e' paar Täg' nach Straßborg,
er gäb' ihr aber sei' Wort, sie thät sei' lieb' Weibche
werre, so ober so, bann er hätt' selber Vermöge' un'
wäre' schun allerlei Anstalte' getroffe', baß er sich
selbstänbig etablire' thät. So is er bann ach bal' ab=
gereest, ber Kercher hot aber beß Verhältniß bun benne
zwee boch erfahre', bann 's Lische hot's ber Mutter
g'sacht un' bie Mutter hot's mit gröschter Freeb natür=
lich wiebber ihr'm Alte' g'sacht.

2.

Der glückliche Herr Ziechler war bem Kercher juscht
nit näher bekannt, bie Vollmachte aber bie er bun
sein'm Haus mitgebracht hot un' bie Empfehlungsbrief
ware' bun ber Art, baß gar nit zu zweifle war, er
wär' e' Parthie fors Lische wie mer se nor wünsche'
könnt'. War also bie Kercher'sche Famill ganz glücklich
un' zufriebe'. 'S' is aber uff ber Welt schun oft um
bie Schwernoth zu kriege', baß gar ke Glück ungetrübt
sei' kann un' baß ber Deubl in bie schönschte Bira alls

'n wischte Worm steckt der bra' 'rum nagt. So e'
Worm is der ei'gebildte widderwärtige Ring gewest,
der in Meenz bal' erfahre' hot, wie 'm der gewisse
Ziechler beim Lische de' Rang ablaafe will. Deß zu
hinnertreibe' hot er allerhand Plän' gemacht un' Luge
ausstudirt, um dem alte Kercher 'n Floh in's Ohr zu
setze' un' vun dem verwünschte Ziechler abspenstig zu
mache'. Um jo ke' Zeit zu verliere' is er g'schwind
wiebber noch Neustadt g'fahre un' hot ganz keck de'
Kercher über die Angelegenheit zur Red' g'stellt. Ganz
verwunnert sächt 'm der, 's wär' wohl was bra', aber
die G'schicht' wär' nix weniger als abgemacht, er woll'
sich erscht genauer um die Verhältnisse erkundige'. „Deß
könne' Se gut sei' losse', sächt der Ring, dann den
Ziechler kenn' ich vun Paris her, 's is e' Schwindler
un' e' mauvais sujet, mir habe' alls minanner bei
Fouchart im Palais royale 'gesse un bo hot er mer
oft sei' Avanture un' G'schichte verzählt, ich kann Ihne'
nor sage', daß deß e' schrecklicher Mensch is." „Aber
um Gotteswille', sächt der Kercher, wie kummt der
Mann als erschter G'schäftsführer in des Strasborger
Haus Philipp un' Comp., deß kann jo doch ke' un=
solider Mann sei'."

„Lieber Herr Kercher, Sie wisse' wie so Sache'
geh'n, mer munkelt allerhand vun frühere Gefälligkeite,
die er dem Haus erwiese' un' die e' Geheimniß bleibe'
solle', korz ich kann als Ihr alter Freund nor rathe',
mache' Se Ihr Lische mit dem Mensche' nit unglücklich."

„„Deß is jo erschrecklich, jammert der Kercher, ich kann's
dem arme' Mädche gar nit sage', so dauert se mich.““
„Ei, sächt der boshafte Ring, Sie brauche' ihr gar
nir zu sage', Sie schreibe korzeweg dem Ziegler, daß
er sei' Plän' uff's Lische uffgebe soll, dann Sie hätte
schun längscht e' anneri Parthie for se gewählt und
aus wichtige' Gründe' müßte se dabei bleibe'. Sie
könne deß um so mehr, weil er Ihne' vun seine' Ab-
sichte gar nir g'sacht hot, was an sich schun ziemlich
verdächtig is. Wann er frech genug is noch n' Brief
an 's Lische zu schreibe', so is es ke' Kunscht den uff
die Seit zu bringe' un' kummt er nit, wie natürlich,
un' kriecht se aach keen' Brief, so werd se bal' merke,
wie se bra' is un' ich denk', s'git noch annere
Männer die se tröschte könne'.“ Do hot er sich mit
gemeent. — Der Kercher hot ganz traurig g'sacht, er
woll's überlege, die Dame' aber habe' den Ring artig
empfange, dann b'sunners 's Lische hot sich gedenkt,
er werd se mit seine' Visite' wohl nimmer lang genire'.
Der Kercher hot nit gewißt was er thu' soll, un' hot
heemlich seiner Fraa die G'schicht verzählt un' is die
im A'fang zu todt verschrocke'. Wie aber die Weiber
in so Fäll' oft stärker sin als die Männer un' be Kopp
nit verliere', so hot sie sich bal' widder g'faßt. „Wer
weeß', wer weeß', ho se g'sacht, ob deß nit e' Intrigue
vun dem Ring is, ich trau dem Mensche' nit, un'
mer muß nit Alles glaabe', was er sächt, also nor ke'
Uebereilung, mer kann sich jo in Strosburg erkunbige'.“

„Ja, mei' lieber Schatz, sächt er, des is nit so leicht als be meenscht, dann so e' Subject gebt sich öffentlich alls be' Schein vum e' polirte ordentliche Mann un' mit be Philipp's solle Constellatione' sei', daß mer nit bruff baue kann, was die vun 'm sage'."

„Ich glaabs nit," sächt wibber die Fraa', „wär' aber werklich' was dra', so soll der zubringliche Ring mei' Lische doch nit krieche un' weeß' ich e' anneri Parthie for se. Guck' emol die Photographie a', fahrt se fort, un' gebt 'm so e Porträt vum e' hübsche junge' Mann; denk' beß is unser Neveu, der Fritz, der jetz' in Neu=York etablirt is, un' denk, der gute Fritz schreibt mer drzu, er woll unser Lische heurate' un' ich soll for 'n werbe'. Er hätt' se vor 3 Johr' emol in Mannheim, wo er 'n Accord abzuschließen g'hat hot, im Theater g'sehe' un' hätt' se seitdem nimmer vergesse' könne'." Der Kercher hot große Aage' gemacht un' sächt noch= her e' bische beruhigt: „No', 's is alls gut for be Nothfall, einstweile' aber sag 'm Lische' nor, der Fritz hätt' sei' Photographie geschickt un' sunscht nir." Die Fraa Kercher war ei'verstanne' un' legt beß Bild im Lische ihr Album. Deß war Mittags un' noch 'm Esse', wie se so beim Kaffe sitze' is mei' Ring schun wibber drhergeloffe' kumme'. Die alt' Kercher hot 'n e' bische ernschthaft empfange un' 's Lische hot sich was zu thu' gemacht un' is bal' aus'm Zimmer g'schliche'. Do sächt die Kercher, „Herr Ring, Sie habe mei'm Mann vun unserm neue' G'schäftsfreund m' Herr Ziegler,

coriofe Sache' verzählt, denke' Se boch e' bifche' noch,
ich meen' alls Sie müffe fich in ber Perfon geerrt
habe'." „„Sie könne fich bruff verloffe, mei' liebi Fraa
Kercher, ber Ring errt fich in fo Sache nit, 's hot jo
ber Menfch mit mir felber fchun G'fchäfte mache wolle'.""
Do war e' Pauf' un' weil ber Kercher aach in Ge=
banke' in e' Eck geguckt hot, fo war e' Spannung, bie
be Ring felber verlege' gemacht hot. So nehmt er
bann beß Album beß uff 'm Tifch gelege' is, un' wie
er brinn blättert un' bie Name' unner bene Porträt's
fieht, fo is 'm glei' ei'gfalle', baß gewiß aach eens
vum Ziegler brbei wär' un' baß er brvun Gebrauch
mache' könnt for fei Lügerei. „E' hübfchi Sammlung,"
fächt er, „Schiller, Göthe, Uhlanb, Geibel, ei lauter
Dichter un' Heyfe, is beß aach eener?" frogt er gleich=
giltig. Do habe' bie Kerchers g'ftußt un' bie Fraa
fächt nochher fcheinbar ebe'fo gleichgiltig, „'sis eener
vun be' neuere, aber fehe fe boch ob ber Herr Ziechler
getroffe is, er hot uns aach fei' Bilbche' gfchenkt, es
muß brinn fei'." Un' ber Ring fucht, finb aber keens
mit bem Name un' fo kummt er an beß vun bem
Neveu aus Amerika, bes eenzige, wo ke' Unnerfchrift
ghat hot. Er war alfo überzeugt, baß beß ber Ziechler
wär' un' fangt ganz keck a': „Guck emol, bo is er jo
ber Patron, mer kennt 'n an bere Schramm uff ber
Stern." O bu verlogener Spißbu, benkt bie Kercher,
bie wohl gewißt hot, baß ihr Neveu bie Schramm
beim e' Räuberattaque in Amerika kriecht hot; fie fächt

aber: „Ja was is es dann mit der Schramm, wie is er dann do dazu kumme?" „Deß will ich Ihne sage'," sächt der Ring, „er verzählt drvun e' langi G'schicht, wie er in Paris e' Duell ghat hätt' mit eme Officier, deß is awer nit wohr, er hot die Schramm vum e' chercutier kriegt, der 'n bei seiner Fraa beim e' Rendevouz unglücklicherweis überrascht hat." Jetz' ware' die zwee Kercher am Loßplatze' for lauter Indignation, aber in dem Aageblick kloppts un' wer kummt rei, der Herr Ziechler. „Ah Herr Ziechler," springt der alte Kercher uff, „schun wibber zurück, deß freut mich," un' guckt nochher den Ring mit eme durchbohrende Blick a'; der aber, obwohl betroffe' un' verschrocke', fragt mit eme rechte Fuchsg'sicht, „hab' ich recht verstanne? aach e' Herr Ziechler?" „Ja wohl," sächt der Kercher, „un' wie Se sehe nit Ihr Bekanntschaft. „Ne, ne, gewiß nit," sächt der Ring, un' will noch was stottere', aber der Kercher unerbrecht 'n un' sächt, „damit se aber aach wisse' wer Ihr vermeentlichi Bekanntschaft is, mit der gewisse Schramm, so will ich Ihne sage', daß beß en Neveu vun mer is, der Kercher heest wie ich und weil ich an ihre alarmirende Luge' jetz' genug hab', so muß ich schun bitte, daß Se künftig mein Haus mit Ihre Visite' verschone', habe' Se mich verstanne'?" Un' roth wie e' giftiger Viphan nehmt der Ring sein' Hut un' is 'nausg'fahre' aus'm Zimmer wie e' Rakett'. Der Fraa Kercher is for Alteration schier übel worre', aber Alles hot sich g'schwind wibber zum Gute gewendt, wie der verwunnerte Ziechler sei' Papiere vorgelegt hot un' mer hot des glückselige Lische gerufe' un' is die Verlobung zu selbiger Stund geweft un' korz druff hot des herrliche Pärche' der Parrer ei'gsegnt. Der abscheuliche Ring aber, der gern alle Ziechler un' Photographe' in de' tieffschte Erdsbobbem verschlage' hätt', is ganz dun Neustadt weggezoge' un' mer hot nir mehr dun 'm g'hört.

Des is die G'schicht' dum Photographiee=Lische.

'S Görges=Philippin'.

I.

In Landau hot emol e' gewisser Görges gelebt, e' Cigarrekrämer, ich hab' 'n gut gekennt, is e' großer vierschrötiger Mann gewest mit eme finschtre' G'sicht, hot nit gern geredt (e' Selte'heit beim e' Pälzer), un' deswege' un' weil er was harts ghat hot in sein'm ganze Wese, so hot mer'n aach de' steenerne Görges g'heese. Der Görges hot e' wunnerschöni Tochter ghat, die Philippin', e' schlank' Mädche' mit schwarze Aage wie Kohle un', was mer so sächt, is e' kleener Spitzbu' drin g'seße. War e' gut' Kind, du lieber Gott, hot sich viel plooche' müsse mit dem griesgramige' Alte', un' hot Alles b'sorge müsse in der Haushaltung un' noch Marchande be Mode = Sacha mache müsse for die Leut, um e' bische' was zu verdiene, dann obwohl der Görges früher e' wohlhabender Mann war, so is es doch gar knapp im Haus hergange un' hot mer g'sagt, er hätt mit 're Speculation viel Geld verlore.

Weil die Philippin' so hübsch war un' aach manch= mol im Lade' hot Cigarre hergebe derfe, so hot's natürlich nit an junge Leut g'fehlt, die ihr die Cour gemacht habe, wann der Alte juscht nit do war, un'

unner benne hot ihr b'funner's e' gewiffer Renard
g'falle, e' luschtiger hübscher Jung, e' Moler, der noch
nit lang in Landau war. Im A'fang is gelegeheitlich
zwische benne zwee mit allerhand Artigkeite hin un'
her geredt worre; is zufällig e' Grosche' uff be Bobbem
g'falle, un' hot'n fei' Hand un' ihr Händche zugleich
uffhebe' wolle', so hot er statt dem Grosche beß
Händche erwischt un' so fort. Wer hot sich aach zu-
fällig begegnt, wann die Philippin' e' Haub' ober 'n
Spißekrage zu der Fraa Bino getrage hot, e' reichi
Fraa, die hot vor der Stadt e' Landhaus ghat mi'm
e schöne Garte. Do is dann emol so zufällig am
Ei'gang vun der Allee der Herr Renard g'sesse, un'
hot gezeichnt. „Ei was, Herr Renard, gute Morge',
schun wibber fleißig?" sacht die Philippin', die zu der
Bino 'n Gang ghat hot. Do hot der Herr Renard
die Hand uff sei' Papier gelegt ganz verschämt: „Ei
freilich, Mamsell Philippin', und war schun der Müh'
werth, baß ich do was a'gfanga hab', sehn Se, weil
jo Sie derzu kumme sin, geht Alles gut, wann so e'
lieber Engl in der Näh' —" — „Mei gehn Se eweck,
's is Ihne' nit Ernscht, aber zeige Se boch e' bische,
was Se mache, bie klee' Kalmit, ober was is es
bann?" — „Ach Gott, ich möcht' zeichne, was ich im
Herze hab', aber, lieb Binche, 's geht nit!" un' bo
thut er die Hand vum Blatt weck un' was sicht die
verwunnert Philippin? Ihr eige's Porträt, ausge-
zeichnet schö' gemacht, ganz wie se leibt un' lebt! „Ei

was e' Ehr," sächt se, un' werd ganz roth un' verlege, un' mit eme b'sunnere: „Abieu, Abieu!" springt se fort. Bun dera Stund a' war se bis über de Ohre' verliebt in den Renard, wie er in sie, un' hot sich des Ding poetisch weiter g'spunna mit Briefcher un' Blume', Alles hübsch heemlich, daß der Alte nir merke soll.

Wann er aber aach nir gemerkt hot, so is bal' e' Gelegeheit kumma, wo er was merke hot müsse', un' wann er hunnertmol der steenerne Görges gewest is. Des war so. Es is e' großer Ball uff der Poscht arrangirt worre vun vermögliche junge Herrn in Landau un' do hot der Moler Renard mit noch eem sei' feierlichi Eilabung beim Görges natürlich for die Philippin' gemacht. Dererscht hot der Görges freilich gebankt, aber die Philippin' hot gebitt' un' 's träf' grab uff ihrn Gebortstag, un' die Herrn sin' im Staat kumme' mit schwarze Fräck' un' weiße Gilets, beß hot 'm Görges e' bischel geschmeichelt, un' so hot er enblich doch nochgebe. Gekoscht hot's nit viel, dann die Philippin' war g'schickt und hot sich ihren Ballstaat mit etliche Elle Mousselin un' er Paar farbige Bänder prächtig 'zammagericht (vun be' Crinoline hot mer selbichsmol glücklicherweis noch nir gewißt). Am selle Abe'b is e' groß' Gethu gewest in der Stabt, gepußte Mäbcher un' gepußte Mama's un' schwarze Fräck hot mer gsehe' überall zu Fuß un' zu Wage, die Poscht war mit tausend Kerze' beleucht' bis unners Dach un' die

Dienſchtmädcher un' bie Gaſſebube habe' ſich am Thor rumgebruckt mit Schwätze' un' Bable', un ſin bie Leut ausgericht' worre, wann ſe 'neigange ſin un' gekichert un' gelacht über bie ober ben, wie's halt ſo geht. Is dann ber Görges aach a'kumma un bie ſchön Philippin'; natürlich war ber Herr Renard glei' bei ber Hand un hot ihr e' prächtigs Bouquet überreicht, 's Mädche hot geſtrahlt vor Freed. Freunbinne ſin aach glei' entgegekumma, un' bie Tänzer um ſe 'rum= gſchwärmt wie bie Biene um e' Blum'. Uff emol hot's g'heeſe': „Gucke Se, gucke Se, bie Fraa Bino mit ihrer Kathrin'! — Sapperment, was e' Staat! Die ſin 'was werth minanner, guck emol bie golbe' Kett' un' bie Bracelets un was bie Alt' for'n Spitze= krage hot, un beß ſchwere ſeibene Kleeb vun ber Kathrin'. Aber G'ſchmack hot ſe nit, dann e' geeli Farb' wähle zu ihr'm grüne G'ſicht, un was e' Friſur, bie hunnert Locke un Löckcher, wie e' Pubbl!" Do ſächt e' Be= kannter zu be Mädcher, bie ſo g'ſchwätzt habe': „Loſſe' Se des gut ſei' mit benne hunnert Locke, jebi Lock' ſtellt e' Röllche mit Dukate vor, un des is aach was werth." Un' is aach wohr geweſt, dann bie Bino war enorm reich un is alls noch reicher worre, dann 's Knickre hot ſe verſtanne. Die Kathrin' aber hot ke' Menſch gemöcht, dann 's war e' gar hochmüthig' Ding, un weil ſe emol in Paris war, hätt' ſe gern g'hatt, baß mer ſe for e' Pariſerin halte ſoll, un hot, wann's nor ſei' hot könne, franzöſch geplappert.

Jetz' is die Musik a'gange, un hot der Herr Renard mit der Philippin' getanzt. Alles is durchenanner gewerbelt vor lauter Tanzwuth, un' do hot's natürlich manchn Stumper gebe un is manches zarte Füßche' getrete worre. Der alte Görges is im e' Eck vum Saal gesesse', un hot sein Hut vor sich uff 'm Bobbem steh' ghat, un hot so zugeguckt, un wie die Philippin' emol bei 'm vorbeitanzt, fahrt e' anner Paar an se a', daß se schier vor de Vater hi'gekorchlt wär un fliegt ihr ihr Bouquet aus der Hand un mitte' in dem sein'n Hut 'nei. Er hot des Bouquet glei' widder 'raus un hot's der Philippin' widder gebe, die sich geärgert hot über das 'rumstoße, aber mer hot doch dazu lache' müsse. Druff is der Alte aus'm Saal fort un in's Billardzimmer, e' Cigarr zu raache un en Schoppe zu trinke. Do hot er e' Trepp nunner gemüßt und wie er be Hut uffsetze will, fallt e' Röllche Papier aus dem Hut. Was Deubl is beß for e' Papierche? un hebt's uff, un wickelt's ausenanner, un leest unner der Treppelamp, un was leest er?

      „O Philippine,
      Der ich diene,
      Wie ich Dich liebe, Du weißt es nicht,
      Hier zwischen den Rosen,
      Die schwesterlich kosen,
      Soll's künden Dir dieß kleine Gedicht.   Renard.“

„So so, sunscht nir! Hab' ich mer's doch gedenkt, mit dem Moler, da is es nit richtich). Die Gränk noch emol, beß wär' des Wahre! Hinne nir un vorne

nir, Windbeutlerei un' Versmacherei, recht hübsch! daß
Dich der Deubl hol'." — Un' 's hot nit viel g'fehlt',
hätt' er Spektakel gemacht, und dem Renard die
Meenung g'sacht, hot sich aber doch b'sunne wege' de
böse Mäuler, die's genug gebe hot in Landau, un'
bene e' Skandal juscht recht geweft wär'. Er hot also
's Beschte getha', was e' vernünftiger Mann in so ere
Situation thu' kann, d. h. er hot 'n Schoppe Wei'
getrunke, un noch een un wibber een, un so fort, bis
der Ball e' End ghat hot.

Drheem aber is es über die arm' Philippin' los=
gange' ferchterlich un käm' der Renard noch emol In's
Haus, so thät er'n tobtschieße, er hätt' schun e' Pischtol
d'rzu un 's war halt erschrecklich, wie der Mann wüthich
geweft is un getobt hot. Der Philippin' is schier 's
Herz d'rüber gebroche. —

II.

Nebe' dem bitterböse' Papa hot uff dem Ball nor
e' eenzichi Person was gemerkt bun dem Verhältniß
zwische' dem Renard un' der Philippin', un' des war
die alt' Bino. Die hot sich schun länger be' Plan
gemacht, daß der Renard ihr Kathrin heurate soll, un'
hot gemeent, weil se stee'reich wär', so hätt' des gar
kenn A'stand. Der Kathrin' aber hot der junge Mann
schun deswege g'falle, weil er ganz hübsch französch
geredt un aach emol verzählt hot, daß sei' Vater e'
Gut in der Champagne hätt'. Die alt' Bino hot also

mit dem nämliche Verdruß wie der Görges dem Aage=
geblinſel un bere Courmacherei vum Renard gege' die
Philippin' zugeguckt, un hot e' Geſicht gemacht wie die
Katz, wann's dunnert, un Bosheite ausſtubirt. Un
wie der artige Herr Renard aach emol die Kathrin'
engagirt hot, ſo ſächt ſe ganz familiär zu 'm: „Lieber
Renard, kumme Se doch morge, mit uns zu Mittag
zu eſſe, do wolle mer über be' Ball ſchwätze; Sie
habe' gewiß allerhand piquante Bemerkunge' gemacht,
un deß intereſſirt mich, alſo gel'e Se, Sie kumme?"
— „Mit Vergnüge," ſächt der Renard un' tanzt mit
der Kathrin; die hätt' gern e' bische pretentiös un
zimberlich getha', weil er mit der Philippin' vor ihr
getanzt hot, der Renard hot aber getha', als thät er's
nit merke.

Alſo am annere Tag. Diner bei der Fraa Bino.
Die Kathrin' natürlich rausgeputzt prächtig, mit leben=
bige Camelie in be Hoor, wo e' eenzichi Blum' zwee
Gulde gekoſcht hot; die alt Bino hot's wenigſtens
ſo g'ſacht. War noch e' Bruder vun der Fraa Bino
in der G'ſellſchaft, e' alter Hageſtolz, der ſei' Geld
verputzt ghat un' vun der Schweſter gezehrt hot, natür=
lich war er alls ihrer Meenung, wann ſe was g'ſagt
hot. Jetz' is bann gar bal' 's G'ſchpräch uff ben Ball
kumma, un frocht die Bino: „No, ſage' Se, wer war
bann Ballkönigin?"

— „Deß is ſchwer zu ſage', Madame Bino, aber
bekannt is, baß die Fräule' Kathrin' alls am bril=

lantſchte a'gezoge is, unb e' herrlichi Tänzerin —"
Mit eme gnädige: „Merci bien" verneigt ſich die Kathrin'.
„Der Herr Renarb," ſächt die Bino, „is e' artiger
Herr, beß wiſſe mer, aber ich möcht' wiſſe, wer ſunſcht
noch uff dem Ball noch ſein'm Gutſcho geweſt is?
Meene ſie nit," ſächt ſe, „'s Frank's Marieche obber
die Guſchtl vun Germersheim obber 'sGörges
Philippin'?"

„Ei ja gewiß, ſin' brei hübſche Mäbcher, un
b'ſunners die Philippin', finb ich, hot was Pikantes,
's is e' poetiſch' Mäbche, mer ſicht ihr's nit a', e'
kleeni Schwärmerin unb die gut' Stunb' ſelber. Un
beß muß mer aach ſage, gewachſe is ſe wunnerſchö'." —
„Jeß' beß finb ich nit," ſächt die Bino, „bann kerze=
gerab ſei, is ke' Kunſcht, wann mer ſo mager is." —
„Erlaube Se," ſächt der Renarb, „ſie is gar nit ſo
mager, ſie kummt mer vor wie e' jungi Roſ', bo ſin
die Blätter freilich noch nit breet un bick ausenanner=
gewickelt unb ſie hot ſo was Zarts in ihr'm Weſe,
mer könnt ſagen was Aetheriſches —" Sächt er, der
Bino, mit Lache: „Des Aetheriſche müßt ſe vun ber
aromatiſche Brüh' habe, mit ber ſe be Tubak präpa=
rire, ſunſcht wüßt ich nit, wo's herkumme ſollt!" —
„Ei was e' gut bon mot vun dem Onkel," plaßt die
Kathrin' 'raus, aber der Renarb werft ihne 'n wüthige
Blick zu un die alte Bino fangt e' anner Geſpräch
an. — Noch 'm Eſſen aber nehmt ſie ben Renarb in
e' Fenſchter un ſächt ganz heemlich: „Höre Se, mit

bere Philippin' is es nit so wie Sie meene, 's is e' gemeen's Mädche, e' leichtsinnig Ding. Ich kann Ihne nor sage, daß se mit unserm Gärtner, 's is freilich e' hübscher Borsch, Dechtlinechtl hot un so mit annere aach.“ — „Madame Bino,“ fahrt der Renard uff, „beß is Verleumbung, die Philippin' is e' orbent= lich Mädche, wie's eens git.“

„No, no, no,“ sächt die Bino, „nor nit glei' obe 'naus! Kumme Se morge Abe'ds, so gegen acht Uhr, bo hab ich se b'stellt wege' was ze nähe, un bo berf ich nor dem Gärtner sage, er soll mer um die Zeit e' Bouquet schneibe un' bo werd er glei' bei der Hand sei', wann er se burch die Allee geh' sicht. Hot ihr schun öfters uffgepaßt un hot ihr e' Sträußche bun meine Blume gebe, ja wohl, un Sie könne's vum Garte'häusche mit anschaue, was bes for e' orbentlich Mädche is.“ — Der Renard is ganz ausenanner kumme, versprecht, sich einzestelle, und geht wie verzweifelt fort.

Kaam war er fort, ruft die Alt' ben Gärtner un' sächt 'm, er soll uff morge' die Philppin' Görges b'stelle' zu ihr bis Abeds um 8 Uhr un' soll im Garte' achtgebe wann se kummt un' soll ihr bann e' Sträusche gebe' un' vertraulich thu' mit ihr, als wann se sei' Schatz wär', 's gäb' e' Späßche un' wann er sei' Sach' gut macht, so will se 'm 'n Dukat schenke'. Der Gärtner hot gelacht un' sächt, er will's schun b'sorge'. Die G'schicht is 'm g'schpaßich vorkumme, bann baß die Bino emol e' Douceur vom e Dukat

offrire' könnt', beß hätt' ke' Mensch geglaabt; no' der
Dukat wär' schun recht gewest, aber wie die Philippin'
vielleicht beß Ding nehmt, beß hot 'm Skrupel gemacht.
Er soll mit ihr thu', als wann se sei' Schätzche' wär'!
Deß is glei' g'sacht, denkt er, aber uff emol fallt 'm
ei', ei! was soll ich do viel rischquire', ich b'stell' lieber
glei' mein Schatz, statt der Philippin', do hab' ich
gar ke' G'schichte' un' bei der Nacht sin alle Küh'
schwarz, um 8 Uhr is es schun dämmrich un' mei'
Liesche hot die nämlich' Figur, wie die Philippin',
die alt' Bino hat ihr'n Spaß un' ich den meinige'
un' den Dukat' habe' mer obedrei'! Vor's Weitere
werd sich schun e' Lug' finne', wann's nothwendig is.

Dictum, factum. Am selle Abe'd geht der Renard
ganz betrübt noch dem Garte'haus, wo er all' sei'
schöne Träum' vun der Philippin' zu Grund geh' sehe'
soll. Die Fraa Bino, die e Weil im Garte' 'rumge=
watschelt war, kummt aach. Er red't vun Unmöglich=
keit, sie vun Werklichkeit u. s. f. 'S is e schwüler
Summerobed gewest un' e Wetter am Himm'l. —
„Guck! jetzt kummt se, die Philippin', sie tragt mei'
Haub', — Aha! hot be' Gärtner schun g'sehe, sich!
wie se steh' bleibt, ruft se 'm nit zu?! Ja freilich,
ich hab' mer's glei' gedenkt, sehen Se, wie er springt
mit sein'm Bouquet!" — Un' der Gärtner springt
richtich zum Mädche', sie plaubre' ganz still mitenanner,
er dreht se sanft beim Arm 'erum un' sie geh'n die
Allee wibber langsam zurück; „die Gränk, er faßt se

gar vertraulich um die Mitt', ich glaab gar, er gebt ihr e' Küßche'!" In dem Aageblick, wo die Bino sich werklich über die Frechheit vun dem Vorsch verwunnert hot, fahrt der Renard wie e' wüthiger Löw aus 'm Gartehaus un' sterzt uff die Allee zu un' an den Gärtner, reißt 'n u? die Seit, das er schier umgeforchlt wär' un fahrt deß erschrockene Mädche a': „So muß ich Dich treffe, Du falsche Philippin'!" — „Um Gottes Wille, was is daun," kreischt jetzt e' fremdi Stimm', „ich heeß' jo nit Philippin', heeß' Lische, wann Se's wisse wolle, Sie werre mich doch nit umbringe!"

Un' der Gärtner hot sich aach widder erholt un' fangt a' zu räsonire un' zu drohe mit der Polizei; un' 'm Renard is geweft, als thät' mer'm kalt' Wasser in's G'sicht schütte. Do streckt er noch die Faußt gege 's Gartehaus, un' ruft was vun „infamer Comödie" un' macht sich drvu.

Die alt Bino hot im A'fang in ihr'm Nescht triumphirt, bis se die Red vum Lische g'hört hot un' dem Renard sein bös' Abschiedswort, do is ihr schwarz worre vor de Aage; mit zornverstickter Stimm ruft sie den Gärtner, heeßt 'n 'n boshaftige Schlingl un' Betrüger, un' statt 'm Dukat jagt se 'n aus'm Dienscht un' soll sich nimmer vor ihr blicke losse. D'raus is derweil 's Dunnerwetter aach losgebroche un' is e' ferchterlichi Nacht geweft im Haus un' außer'm Haus.

III.

De annere Tag, was thut mei' Gärtner? Er geht schnurg'rab zum Görges un' verzählt 'm die ganz' G'schicht un' wie er die Mamsell Philippin' nit hätt 'neibringe wolle, un' beßwege' sein Schatz hätt' kumme losse, un' verzählt un' lügt aach, wie's juscht z'amma= gepaßt hot. „Wart'," hot er sich gedenkt, „me' liebii Bino, Du alter Drach, Du sollscht mer mein' ver= lorne Dukat' un' mein' Abschied theuer büße'." Un' richtig, wann er mit ere brennende Lunt' in e' Pul= verfaß getuppt hätt', so hätt' er kenn' so Spektak'l a'richte könne, als er's bei dem griesgramige' Görges getha' hot. Der hot getobt als wann er die Bino glei' fresse wollt, loßt sich Alles nochemol genau berichte, un' im gröschte' Zorn hot er sich uff be Weg gemacht un' hi' zu der Bino. Die hot 'n zum Glück kumme sehe un' hot sich glei' gedenkt, daß deß nir Gut's be= beut', bann er is junschst nie in's Haus kumme, un' so hot se ihr'm Mädche g'sagt, sie soll bem Görges sage, die Herrschaft wär' verreest nach Neustadt, sie wüßt' nit, wann se wiebber zuruck käme. Wie beß die Magb ausgericht' hot, sächt der Görges: „Schun gut, ich werr' se schun finne, un' wann se am End ber Welt wär", un' is die Magb schier an 'm verschrocke, bann er hot bem kleene Azorl, bem Leibhünbche bun ber Bino, ber 'n e' bische a'geknorrt hot, mit sein'm spanische Rohr eens 'nuffgebe, baß ber welt ewech ge=

floge is un' jämmerlich g'heult hot. — Was beß e'
Mensch is? Die alt Bino hot, wie er fort war, die
Händ' über'm Kopp z'ammaschlage, wie se den Azorl
g'sehe hot. Der Görges is aber korzwech uff die
Eise'bahn un' noch Neustadt g'fahre, um dort sei'
Opfer zu suche'.

Die Philippin' hot wohl gemerkt, daß der Gärtner
e' Nachricht gebracht habe' muß, die be Vater gewaltig
bös gemacht, sie hot aber nit glei' dahinner kumme
könne was es war, un' hot in eener Angscht uff die
Rückkunft vum Vater gewart'. Weil er aber nit zum
Esse kumme is, hot se sich gedenkt, er is vielleicht nach
Speier in G'schäfte, dann er is öfter so rumg'fahre
ohne was zu sage. Jetz' gege' Abe'd sicht se den
Gärtner wiebber am Haus vorbeigeh', un' ruft 'm zu,
er soll ihr' Rosestöck a'schaue, un' führt 'n unner dem
Vorwand in ihr Zimmer un' frogt halt, was dann
g'schehe wär. Der Gärtner hot ihr Alles verzählt un'
die arm Philippin' hot gezittert vor Angscht un' Jam-
mer. 'S Beschte war noch, daß se aus bere Erzählung
deutlich g'sehe hot, daß der Renard brav is, un' daß
er die Bosheit vun der Bino durchschaut hot. Un'
wie der Gärtner fort war, hot se mit Thräne 'n Brief
an be Renard g'schriebe un' dem ihr Leed geklagt. Wie
se so mitte b'rin war, kummt die Magd aus'm Lade
un' sächt', 's wär' e' Herr da, der e' alter Freund vum
Herr Görges wär un' der die Tochter gern sehe wollt
un' warte bis der Vater käm'. „Ach Gott, un' in

dem Aageblick —" aber 's hilft nir, der Herr steigt
schun die Trepp 'ruff un' kummt in die Stub, als
wann er im eigene Haus wär.

„Hab ich die Ehr', die Mamsell Philippin' — ?"

„Jell mich Ihne', der Vater werd' bal' —" un'
sie halt' verlege 's Schnuptuch vor's Gesicht.

„Ei, ei, Mädche, was is es dann, was flennscht De
dann, Kind? Derfscht mer's schun sage, bin jo e'
alter Freund dun Dein'm Vater, heeß Fuchs, hot er
nit manchmol dun mer geredt, he?!"

„Ja wohl, Herr Fuchs", sächt die Philippin' un'
wischt sich die Thräne aus ihre schöne Aage.

„No, was is dann g'schehe? Is Jemand krank
in der Famill' oder gar Eens g'storbe?"

„Ach nee, Herr Fuchs —"

„Is im Geschäft e' Unglück passirt, wolle's nit
hoffe?"

„Ach nee, Herr Fuchs —"

„Is der Schatz untreu worre, he Mädche, dann habe
thuscht De een, des seh' ich d'r a'?"

„Ach nee, Herr Fuchs —"

„Ja die Kränk, was is dann nocher zu flenne un'
be Kopp zu hänge?"

Do horcht die Philippin' un' sächt: „Der Vater
kummt, ich will 'm glei' sage, daß Sie do sin", un'
so springt se aus'm Zimmer. Glei' d'ruff kummt der
Görges erei' un' wie er den Fuchs sicht, breit' er dir
Arm auseinanner: „Ja was seh' ich! bischt's dann

werklich, mei guter alter Fuchs!" un' sie embraffire
sich uff's herzlichste. „Ei die Kränk", fächt der Gascht,
indem er de Görges so betracht', „Du hoscht Dich jo
alt gemacht, Kerlche, weiße Hoor un' deß nimmer viel;
wie ich Dich 's letschtemol g'sehe hab', warscht De
jo e' pechschwarzer Lockekopp."

„O mei' lieber Fuchs, 's hot sei' Ursach, daß ich
weiß worre bin; mei unglücklich' G'schäft mit denne
Bilder nach Amerika, der verfluchte Moler, der mich
drzu verleet un' so niederträchtich bschumlt hot, ich hab
Dir's emol g'schriebe, un' noch allerhand, deß kann em
schun weiß mache".

„Ja, ja, ich weeß, deß is lang her, aber hoscht
Dich jo wiebber rangirt un' hoscht e' herrlich Kind,
die d'r gewiß gut die Haushaltung führt. Un' jetz',
Alterle, will ich Dir noch was sage, jetz' bin ich
wiebber do un' mit mit eme leere Geldbeutl, versch=
tehscht De, un' kann Der helfe, wann Dich wo der
Schuh druckt. Die Kränk, wie bin ich 'rumg'fahre in
der Welt, hab' allerhand probirt un' is aach oft krumm
gange', hab mer aber doch deßwege ke' graue Hoor
wachse losse. Alls luschtig d'ruff! hab ich mer gedenkt,
un 'weeschte, was mei Glück gemacht hot?" —

„„Lieber Fuchs, wann mer so 'n Humor hot wie
Du, is mer schun deßwege glücklich.""

„Ja, hör emol, die Leut' wolle Geld, un' am
beschte Humor hot mer doch nir zu nage un' zu beisse.
Sich! e' Fäßche Wei' leer zu mache, deß versteht der

Humor prächtich, wann er aber ner e' Bouteill' fülle soll, so loßt's 'n sitze. Ne, Freundche, un' doch hängt mei Glück mit'm Humor zamma, dann wer's versteht un' kann ben verkaafa, ber löst schun was."

„Ja, wie meenscht De beß?"

„Ei ganz ee'fach, ich hab' oft gemerkt, daß er= schrecklich phlegmatische lahme Kamrade beim Champag= ner luschtig werre un 'n Humor entwickle, daß mer staunt; bo hob ich mer gebenkt: Mach' G'schäfte in Champagner, bo machscht De Geschäfte in Wei' un' in Humor, un' alle zwee sin beliebt in ber ganze Welt. Un' so hab' ich's gemacht un' hab' jetz' e' prächtig' Gut bei Epernay un' Moschampagner mach' ich aach, dann luschtig macht ber ee' wie ber anner. Aber sag', Dei Töchterche hab' ich vorhin gar traurig getroffe', was hot se bann, ich kann so was nit sehe?"

„Ja, wos hot se, beß is e' Elend, bo is e' junger Moler, ber hot ihr be Kopp verruckt, un' seit mich berfell' Schwindler so a'gführt hot, will ich vun kemm' Moler nir mehr wisse."

„Wie heeßt er bann, ber Jung'?"

„Ei, Renard, 's is e' hübscher Mensch, is noch nit lang hier, thut wohl als wann er was hätt', aber wer weeß es, ich will nir mit'm zu thu habe."

„Die Kränk, Renard sächscht De? Charles Renard, is er nit vun Coblenz kumma?"

„Ganz richtig."

Do fangt jetz' der Fuchs zu lache a' daß 'm der Bauch wak'lt: „Ne, deß is göttlich, mei' lieber Görges, deß is e' Capitalspaß, denk' der nor, du alter Brummler, der Charles Renard is mei' Sohn, heeßt Fuchs, wie ich, aber e' Tant' vun 'm, die 'm viel Geld gebe hot zu seiner Molerei, die hot die Bedingung gemacht, daß er sich Renard nenne soll, dann als französcher Moler wär's viel leichter bei der Arischtokratie Ei'gang zu sinne, un' sie wollt's nit habe, daß er in der bourgeoisie stecke bleibe soll. No, Gott hab' se selig (die Gans, hätt' ich bal' g'sagt) sie is jetz g'storbe un' mei' Karl soll wiedder Fuchs heeße wie ich), un' dei' Tochter soll die Fraa Fuchs werre! Görges, do mußt De mich mache losse, der Jung ist brav, ich steh' d'rfor, loß'n nor glei' hole, wo wohnt er dann? ich bin so erscht a'kumma."

„Ja, dei' Sohn? is es wohr?" stottert der Görges, „wär's möglich?"

„Nit blos möglich, 's is werklich, jetz mach' nor ke' G'schichte."

„Ja du lieber Himml," ruft der Görges ganz exaltirt, „do geb' ich so gern mein Sege d'rzu," un' er schickt glei' um de Renard, un' holt die Philippin' un' sagt ihr Alles, un' is e' Jubel gewest im ganzen Haus, daß deß ke' Fedder gar nit b'schreibe kann. Der junge Renard is mit Herzensangscht d'rhergeloffe', wie er aber sein alte Papa g'sehe hot, is'm g'schwind e' Licht uffganga, un' um's korz ze sage' un' ke' langi Brüh' zu mache, 's is noch am felle Abe'd die Verlobung gfeiert worre un' in etliche Woche b'ruff die Hochzeit. Die alt Bino is aber, wie die G'schicht bekannt worre is, mit ihrer grüne Kathrin werklich nach Neustadt g'fahre, un' hot des dumme Landau gar nimmer sehe' wolle, un' die Kathrin is noch grüner - worre, obwohl se die Alt getröscht' hot, die Parthie wär doch nix gewest, dann Madame Renard hätt' se nit heeße könne, deß hätt' der Alte nit gelitte, un' Madame Fuchs zu heeße, do hätt' se sich doch bedanke' müsse'.

Die G'schicht' vum Fritz Bohrer.

3*

1.

An der Bergstraß' nit weit vun Weinheim, habe' e' Bruder un' e' Schwefchter e' hüb'schi geräumige Villa ghat mit eme große Garte' un' habe do ganz friedlich minanner gelebt.

Bohrer war der Familie'name'. Er der Bohrer war e' unverheurat'er Mann in be' fufzig un' e' leidenschaftlicher Jäger un' Fischer, un' hot nebe'her be' Garte' bsorgt; sie war a'fange' verzig, un' mer hot ihr a'gsehe' daß se emol hübsch geweft sei' muß. Sie war Wittwe vum e' gewisse Rahm un' hot 'n Bu' g'hat vun 12 Johr.

Es sin' gar brave Leut' geweft un' habe viel Geld g'hat un' obwohl se wenig mit der Umgebung iu Berührung kumme' sin, so hot's nit an Ei'ladunge' g'fehlt vun do un' dort, daß der Bohrer heurate' un' sie aach widder 'n Mann nemme' soll. Er hot aber alls gege' so e' Projekt geredt, wann's sei' Schwefchter betroffe' hot, und sie ebe'so, wann mit ihm was in Aussicht war, for sich aber hot doch kenn's die Jdee vun ere Heurat so geradeweg verredde' möge'.

Vun Verwandte war Niemand do als der Sohn vum e' verstorbene Bruder un' dem sei' Mutter, die in Münche' gelebt habe'. Weil bo wenig Vermöge war, hot der Bohrer sein'm Neveu e' Unnerstützung gebe' un' hot 'n stubire' losse'. Der Jung hot aber alls mehr gebraucht, dann die Zeit is g'schwind 'rumgange' un' er is uff die Universität kumme' eh' mer bra' gedenkt hot. Des is e' Weil so fortgange', bis der Vorsch, e' luschticher un' e' bissche leichtsinniger Kamerab, a'gfange hot; allerhand Streech zu mache' un' nix mehr zu stubire'. Statt über be' Pandekte' zu hocke', dann er hätt' Jurischt werre solle', hot er viel lieber in be' Kneipe' gelege' un' gaudeamus igitur gsunge' ober er ist taglang uff der Jagb 'rumgeloffe' ober hot sich uff'm Turnplatz 'rumgetummlt, hot Vers gemacht un' getha' als müßtn 'm die gebratne Vöchl in's Maul fliege'.

Do hot dann der alte Bohrer im e' ungünschtige Moment endlich geschriebe', er thät 'm nix mehr gebe' un' er soll nor selber sehe' wie er fortkummt. Deß war dem junge Fritz, so hot er g'heese, freilich nit a'genehm, aber beß ewige Stubire' war 'm noch unangenehmer un' e' Liebschaft mit ere Tänzerinn hot 'n erscht ganz ausenanner gebracht, un' weil er selber for sei' Lebe' gern getanzt hot, so hot er bschloffe' e' Tänzer zu werre'. Sei Mutter is glücklicherweis um selli Zeit g'storbe', sunscht hätt' se viel Verdruß erlebt, un' so war der Fritz jetz' vollständig sich selber überlosse'. Sei' Geliebti, Namens Marie Keller, war gar e' hübsches un' aach e' ordentliches Mädche', ihr Tanze' un' 'rumhuppe' war aber nit weit her, sie hot nor im

Corps tanze' derfe' un' is beßwege' recht froh geweft, wie se so e' Theaterprincipal noch Mann'em engagirt un' Aussichte gemacht hot, baß se in kleene Pantomime' die Colombin mache' derf. Ihr Fritz aber hot g'sagt, er verloßt se nit un' is richtig mit noch Mann'em un' hot sich dort als Ballet-Eleve g'ftellt un' weil er gut gewachse' un' voll Tanzeifer war, is er aach a'genumme' worre'. Deß Ding hot im A'fang ganz luschtig aus= gfehe', dann bei denne' Tanzprobe' hot's allerhand Späß' gebe'; 's Tanze' selber is aber doch nit so leicht geweft als der gute Fritz gemeent hot; gleichviel, er war jo mit sein'm Schatz beisamme' un' was nit is kann noch werre', hot er sich gebenkt. No', der Wille war gut aber 's Geld is alls weniger worre', dann vun dem viele Tanze' un' Springe' hot der Jung oft 'n schreckliche Dorscht kriecht un' mit Wasser hot er sich be' Mage' doch aach nit verderbe' wolle'. Wibber= wärtig war dabei der Balletmeeschter, e' alter Pedant, Namens Leroy, dann wann der Fritz gemeent hot er mach' sei' Pas noch so schö', un' thät dem schönschte griechische Apoll in Attitube' nix nachgebe', so war's dem alte Leroy doch alls nit gut genug.

Deß merschte vun be Ballets sin' Pantomime' geweft, un wann der Fritz in be Exercierstunde' uff bie Bemerkunge vun dem Leroy e' bische naseweis geantwort hot, was nit selte' g'schehe' is, so hot 'n ber bei so Pantomime nit emol als Chorischt mittanz'n losse', sonbern er hot als een' vun be' Bediente', Baure' ober Polizeibiener mache' müsse', die der Arlequin, wie deß so is, dorchprüchlt un' die über ennaner falle' müsse' wie die Säck, un' so Zeug. Deß hot den Fritz um so mehr geärgert, weil sei' Schatz die Columbin' war un' weil er sich mit so Rolle' for ihr g'schämt hot. Er hätt' beswege' gar zu gern de' Arlequin gemacht, aber der dumme Leroy hot's nic erlaubt un' hot alsfort g'sacht: „Mei' Lieber, du bischt noch lang nit begagirt genug for be' Worschtl." Deß hot den Fritz bal' noch mehr verdrosse', wie er gemerkt hot, daß der Arlequin bei be' Prüch= lereie' alls mehr uff ihn als uff die annere mit seiner Pritsch gekloppt hot, dann den Arlequin hot e' recht libberlicher nixnutziger Bu vun Strasborg, e' gewisser Louis, gemacht, der die schö' Marie gern zum Schatz 'kriecht hätt' und beß Verhältniß vum Fritz zu ihr bal' bemerkt hot. Jetz' is emol was gschehe, beß dem Fritz sei' ganzi Balletg'schicht mit eem Schlag verdorbe' un' abgebroche' hot. Es sollt Arlequin's Hochzeit sei', un' aus besunnerer Gnad hot der Fritz den Zauberer mache' derfe', der dem Arlequin die Zauberpritsch gebt. Do muß dann der Fritz dem Arlequin, der ganz be= müthig im e' Eck vum Theater steht, en' Wink gebe', sich zu nähere, um die Zauberpritsch in Empfang zu nehme' un' muß 'm mit Pantomime' explicire', was an dem Gschenk is un' was er for Wunner mit mache' kann. Wie die Prob' war un' beß vorkumme' is, hot also mei' Fritz mit sei'm Stab gewunke' un' Alles gemacht, wie er gemeent hot, daß es recht wär'. Aber

ber Leroy war gar nit zufriede'. „Deß sin' jo me=
chanische Bewegunge' wie vum e' Automat', nir vun
inne' raus, nir gfühlt, gebenkt un' überlegt. Wann
bu nit Phantasie genug hoscht, bich in bie Situation
orbentlich 'neizubenke, so rebb' boch wenigstens, natür=
lich ganz still, bas mer's nit hört un' sag' bem Worschtl,
was be' willscht, bo werre' bie Bewegunge' vun bein'm
Arm ganz anners werre'. Du sächscht for bich, merk
birs, „Worschtl bo kumm her", un' mit bem senkt sich
ber Arm vun selber un' beut' uff be' Fleck, wo ber
Worschtl hi' muß, verstehschst be' mich." — Wie ber
Leroy beß im seyerlichschte Ernscht gsacht hot, platzt
ber Fritz mit so eme Gelächter los, baß bes ganze
Balletcorps bavun a'gsteckt worre' is un' Alles hellauf
gelacht hot. Do brüber aber is ber Leroy wüthig
worre' un' hot bem Fritz sein Zauberstab aus ber Hand
gerisse' un' hot 'm mit zornverstickter Stimm' g'sacht,
er soll augenblicklich sei' Trupp verlosse', er woll' mit
so eme ungezogene Sujet nir mehr zu thu' habe'.
Vergebens hot bie Columbin for ihrn Fritz gebitt' un'
aach ber Pantalon, ber mit 'm zammegewohnt hot,
es war mit bem wüthige Balletmeeschter nir mehr zu
mache', un' ber Fritz hot fortmüsse'.

Do war bann e' großes Lamento zwische' ihm un'
ber Marie un' 's ärgschte brbei, baß er kaam soviel
g'hat hot, for e' paar Woche zu lebe', un' aach ke'
Luscht mehr, e' weiteres Engagement beim e' Ballet
noch zu suche'. In bere verzweifelte Lag' fallt 'm

enblich der Onkl vun Weinheim ei' un' die Tant'; zu
benne woll' er geh', hot er der Marie g'sagt un' woll'
se um Hilf' a'flehe' un' a'pumpe', so gut als möchlich.
Wann ich ner wiedder Geld hab', sächt er, bernocher
kumm' ich glei' wiedder zu dir, mei' herzliebi Marie, un'
verleg' mich uff die Photographie, un' do fahre mer
minanner uff alle kleene Schlösser un' Baurehöf im
ganze' Land 'rum un' losse' die Sunn' die G'sichter
uff's Papier mole' un' losse' se' hübsch drfor zahle' un'
du werscht sehe', mir bringe's noch zum e' Haus in
Mann'em un' wer'n stee'reiche Leut." Aber die Marie
in ihrer Aengstlichkeit hot gemeent, so gar leicht ging's
mit seine Projecte doch nit, un' Photographe' gäb's jo
wie Sand am Meer, un' die G'sichter, die nit schun
photographirt wäre', thäte gewiß alle Tag seltner werre'.
Recht hot se freilich g'hat, es is aber dem Fritz nir
übrig gebliebe', als den harte' Gang zu de' Bohrer's
zu mache'.

2.

'S war e' wunnerschöner Herbschtmorge', wie der
Fritz gege' beß Landhaus vun sein'm Onkl kumme' un'
langsam in allerlei Gedanke' durch die Mandlbeem un'
Nußbeem, die ringsrum g'stanne' sin', fortgewandert
is. Wo die Hügl an der Bergstraß hinner Weinheim
a'fange', is beß Haus gelege', un' dorch die grüne
Stagette' am Garte' habe' vun weitem schun rothe
un' richelette Dalie' g'schimmert un' golbiche Sunne=

blume'. 'S Herz hot dem Fritz gekloppt, wie er all's näher hi'kummc is. Was werb der Onkl for e' Mann sei'? Er hot 'n nie g'sehe' un' die Tant' aach nit, vum Onkl hot er nor zuweile' mit dem g'schickte Geld Ermahnungsbrief 'kriecht, daß er ordentlich lerne' soll, unb nocher beu bitterböse Absagbrief, wo er 'm nix mehr g'schickt hot. Wann 's nor nit e' recht e' gries= gramiger alter Mann is, hot er sich gebenkt, un' wie werb die Tant' sei'? Die Mutter hot 'm freilich emol g'sacht, 's wär' e' guti Fraa, un' er soll ihr boch emol schreibe', e' Gratulation zum Name'stag ober so was, beß is 'm aber alls zu viel Müh gewest. Jetz' hot's 'n freilich gereut. No'! er woll recht artig gege' se sei', hot er sich vorgenumme'.

Der Weg zum Haus hot borch be' Garte' g'führt, un' am Ei'gang is e' Gärtnerjung g'stanne' un' hot Rose'stöck uffgebunne'. So frocht 'n ber Fritz, ob der Herr Bohrer brheem wär'. Nee, sächt ber, der Herr is verreest un' werb erscht in sechs Woche' wiebber kumme, aber sei' Schwester, die Mabam Nahm, is bo, is aber juscht spaziere gange. Sie werb nit lang aus sei', sächt er. Dem Fritz is ganz wohl worre', wie er g'hört hot, baß ber Alte verreest war, bann die Tant' kann mer jo aach Geld gebe', hot er gebenkt, un' is vielleicht mit bere' leichter e' gütig's Berständniß zu wege' zu bringe' Un' so legt er sich vor 'm Garte' unner 'n schöne' Keschtebaam in's Gras un' zünb't sich e' Cigarr' a' un' blooft in Gebanke' bie Tubackswölkcher vor sich hi'.

Uffemol steht e' ganz stattliche Fraa vor 'm, die vum
e' Seiteweg herkumme' is, wo er nit hi'g'schaut hot.
„Gute Morge', sächt die Fraa', thun Se e' bische
raschte', 's macht heeß heut', gel' e Se." Deß is ge=
wiß die Tant', denkt der Fritz, un' springt uff un'
zieht be Hut. „Do habe' Se recht, gnädigi Fraa,
sächt er, die Sunn' stecht ziemlich, un' do hob' ich mer
erlaubt, unner dem Baam e' bische' be' Schatte' zu
genieße'." „„Deß war ganz g'scheit, un' genire' Se
sich nit, Sie habe' wohl e' Fußparthie vor, vielleicht
noch Heblberg zum Turnerfescht; do sin Se 'e bische
vun der rechte Stroß abkumme.""" In seiner Verle=
ge'heit sächt der Fritz, ich bin wohl e' Turner, aber
so Fescht koschte' doch alls was, un' 's is besser for
mich, kenn's mitzumache."
Wie er beß so g'sacht hot, hot er die Rahm ge=
bauert, un' sie sächt: Wann's Ihne nit pressirt, werb's
gut sei', wann Se bei mir zu Mittag esse', dann 's
is hübsch weit bis zum nächschte Werthshaus." „„Sie
sin' zu gütig, antwort' der Fritz, ich nemm's mit Dank
a'."" Un' so hot se 'n ei'gelade', mit in's Haus zu
kumme', wo ihr ihr Söhnche entgege'g'sprunge is. Do
war dann zu ebener Erd' e' prächtiger Salon mit große
Fenschter un' Alles voll Blume' un' feine Möbel un'
Albums un' Bücher uff eme' Tisch, wie's nor bei
reiche' Leut' so sei' kann. Deß hot dem Fritz gar gut
g'falle, aber noch besser, wie's g'heese' hot, er soll in's
Nebe'zimmer kumme', wo gewöhnlich 'gesse' worre' is,

un' wo die Fraa Rahm un' ihr Jung schun am Tisch g'seße' sin'.

„Nehme Se Platz", sächt die Fraa freundlich, „aber Sie müsse' mer doch ihr'n Name' sage', daß ich weeß, wie ich Ihne anredde muß." Jetz' is es dem Fritz wie Feuer über's G'sicht g'floge', un' ohne zu wisse wie, sächt er: „ich heef' Fritz Keller." „Un habe' Se G'schäfte' in der Gegend oder wandern Se nor for Plaisir." Ganz verlege' sächt er: „Eigentlich hab' ich ke' Geschäfte, aber ich könnt' aach nit sage', daß ich for Plaisir wanner', obwohl mer die Geg'nd unendlich g'fallt, un' ich weeß schier selber nit, wie ich do her kumme' bin'." Do lacht die Fraa un' sächt: „Seh'n Se, 's is mer grad ei'gfalle', weil Se doch e' Turner sin', wann Se mei'm Karlche' do e' bißche Unnerricht im Turne' gebe' wollte, wär beß ganz hübsch, un' weil Se doch nicht recht wisse, wie mer scheint, was afange', so mach' ich Ihne' die Proposition, bleibe' Se über die Ferie' do, bis der Karl wiedder in sei' Pension nach Mann'em muß, so könne' Se die Geg'nd genieße' und Ihr' A'gelege'heite' ganz gemüth= lich überlege', un' de Unnerricht solle' Se aach nit umsunsch t gebe." Natürlich hot der Fritz den Vor= schlag mit gröschter Dankbarkeit a'genumme' un' hot verzählt, daß er schun öfter Turnunterricht in Mann'em gebe' hätt, was aach wohr war, un' so is beß G'spräch uff' Mann'em, uff beß dortige Lebe' un' aach uff's Theater kumme', wo er angeblich 'n gute' Freund beim Ballet g'hat hätt', un' hot dann allerhand luschtiche G'schichte' verzählt, un' hot sich die Fraa Rahm, die übrigens nor selte' nach Mann'em kumme is, prächtig amusirt. Es hot ihr gut's Herz aach g'freut, dem junge' Mann, der sichtlich nit viel zu bepensire' g'hat hot, uff e' netti Manier e' Unterstützung zu gewähre' un' Vergnüge' zu mache'.

Is dann dem Fritz e' recht hübsches Zimmer a'gewiese worre', un' hot der glei' be' nächschte Tag Barre' un' Reck un' was' mer sor beß Turnwese' braucht, am e' schöne Platz unner be' Bääm nebe' 'm Garte' herrichte losse, un' nocher mit dem Jung a'fanga turne'. Dem Fritz is lang nimmer so wohl g'west als bei dem Lebe' do uff'm Land. 'S geht aach nir über e' heiter's Landlebe', beß is gewiß; mer is frischer un' denkt frischer, un' 's is, als wann die Luft, die vun Wald un' Wiese weht, Alles am Mensche' wiebber neu un' g'sund, un' blank un' klar mache' thät. Deß schaale widberwärtige Gethu' in der Stadt kann brauß' nit uffkumme', un' um wieviel lieber hört nit e' sinniger Mensch beß stille Geplätscher vun Quell' un' Bach obber wie die Böchl singe' un' sich rufe', wann er aach nit versteht, was se enanner sage' wolle', als e' städtisches Fraabase'g'schwätz un' politisches Gebabl. Weil mer in der unverdorbene' Gottesnatur is, geht aach alles leichter un' natürlicher, un' wer was uff'm Herze' hot, e' Liebsg'ständniß, e' Versöhnung, e' Sorg um die Zukunft, alles bringt er leichter fertig, un' überall

athm't er Trofcht un' Hoffnung. Ja recht hot er
g'hot der alte Horatius, wann er die Lufcht am Land=
lebe' gepriefe' un' verherrlicht hot!

Die Turnerei ift bal' im fchönfchte' Flor geweft,
un' die Fraa Rahm hot fich g'freut, wie ihr Jung im
Springe' un' Schwinge' alls g'fchickter worre' is, nebe'her
hot ihr aber aach der Fritz kenn' gewöhnliche Ei'bruck
gemacht, wann er fei' fchlanke' kräftige' Gliedder fo
leicht un' anmuthig bewegt hot, un' is ihr emol fogar
der Gedanke kumme', wie's wär, wann fe ben junge
Mann heurathe' thät. Ihrem Bruder wär's freilich nit
recht, aber fie könn' am End' doch thu', was fe woll'.
Bei fo Reflexione' hot fe nor een's e' bische genirt,
der dumme Verziger, dann fie hätt' jo dem Fritz fei'
Mutter fei' könne', der Vorfch hat noch ke' zwanzig
g'hat. Der Effect aber bun all' dem war, daß fe mit
dem Fritz gar freundlich un' artig war, un' er natür=
lich mit ihr aach.

Der Fritz hot feiner Marie bal' g'fchriebe', wie
gut 's 'm ging, un' fei' a'fängliche Verlege'heite' un'
fei' Incognito, un' wie er hoff', e' fchicklichi Gelege'=
heit zu finne', deß abzulege' un' fich mit der Tant'
zu arrangire'. So fin' drei Woche' 'rumgange', do
kriecht er 'n lamentable' Brief bun der Marie. Sie
hot 'm bitter geklagt, fie könn's bei dem Ballet in
Mann'em nimmer aushalte', der Leroy thät alle Tag
kritlicher werre', und der nirnutzige Strasborger Louis
(deß war der, der alls in der Pantomim' de' Worfchtl

gemacht hot) thät se mit seine' Liebesanträg' überall
verfolge'. Sie ging fort zu ere Freundinn noch Karls=
ruh, aber gar zu gern möcht' se 'n in Weinheim
sehe', un' hot'm be' Tag g'schriebe', wo se mit der
Eise'bahn bo a'kumme' thät.

Der Fritz hot aach schun lang e' Sehnsucht g'hat
noch sein'm Schatz, un' so hot er die Fraa' Rahm
gebitt', an dem bestimmte' Tag uff Weinheim geh'
zu berfe'; 's käm' sei' Schwescht er borch, hot er g'sagt,
die als Fräule' im e' Institut in Darmstadt unner=
kumme' möcht' un' er möcht' se natürlich bei der Ge=
legenheit wibber emol sehe'. Die gut' Fraa Rahm
sächt zu seiner gröschte Ueberraschung: „Ei lieber
Herr Keller, labe' Se boch Ihr Schwester ei', e'
paar Täg' bei uns zu bleibe', es macht mer e'
Vergnüge', sie kenne zu lerne'." Was war bo zu
mache'? un' wann aach 'was zu mache gewest wär',
der Fritz hätt' boch in sein'm Liebesleichtsinn nir anner's
getha' als er getha' hot, nämlich die Ei'ladung for sei'
Marie dankbarscht a'zunemme'. Er ist also zur be=
stimmte Zeit noch Weinheim kumme' un' gros war
die Freed, wie er sei'n Eng'l aus'm Wage g'hobe' hot.
Die Marie wollt' in Weinheim über Nacht bleibe' un'
nochher wibber abreese', aber der Fritz hot ihr die Ei'la=
bung g'sacht un' 's wär' boch gar zu schö', wann se e' paar
Täg' glücklich beinanner sei' könnte. „Daß ich dich for
mei' Schwester ausgebe' hab', sächt er, schab't jo der
Tant' nir un' war nit wohl annerscht zu mache un

bis se erfahrt, wie's is, wer weeß, wie sich derweil
die Conſtellatione' mache'".

„Aber ich bitt' dich Fritz, hot die Marie g'ſagt,
'ßis doch nit recht, ſo zu lüge', ich meen' ich kann die
gut' Fraa' gar nit grad a'ſchaue', wann ich beß thu'."
Der Fritz aber hot ſe' zu beruhige' g'ſucht, er nähm'
Alles uff ſich un' mer thät jo öfter ohne Noth ſo
kleene Späß mache', um ſo weniger' könnt mer's üb'l
nemme', wann mer in der Noth wär' und beß wär'
doch gewiß mit ihne' der Fall. Un' ſo hot er dann
nit nochgebe' un' die Reeſ' noch Karlsruhe hot aach
nit preſſirt, is alſo die Marie in Gottsname' mit 'm
gange', un' hot ihr Sache' uff die Villa vun Bohrer's
bringe' loſſe'. —

Ich hab' ſchun g'ſagt, daß die Marie e' gar
ſchö' Mädche' war un aach brav, was wohl zu ver-
wunnere war, dann ihr Aeltre hot ſe gar nit ge-
kennt; die ſin' zeitig noch Amerika ausgewannert un'
habe beß Kind ere' alte' Schauſpielerin zum Erziehe
überloſſe', die ſe nochher zum Ballet gebracht un'
nimmer länger for ſe g'ſorgt hot, wie ſe ſich emol
'was verdiene hot könne'. Wann mer weeſ', wie's oft
bei ſo Ballet zugeht, ſo muß der moraliſche Fond am
e' Mädche ſchun bedeutend ſei, wann ſe' ſolid bleibt,
un' beß war die Marie. Der Fritz war aach ganz
ſicher, daß ſe' der Fraa Rahm g'ſalle werd, ihm iſt
wenigschſtens vorkumme', ſie hätt' was außerordent-
lich anziehendes un' modeſtes in ihrem Weſe', beß alle

Mensche' g'falle' müßt'. Sie war aach nit so geputzt
wie gewöhnlich die Theaterprinzessinne' sin', un e' paar
blaue Kornblume' die se' unnerwegs gepflückt un' uff
ihr Strohhütche' g'steckt hot, war ihr ganzer Putz un'
hot ihr aach gut g'stanne. Natürlich hot se' dem Fritz
viel zu verzähle' g'hat vum Theater un' vun' all' benne'
erlebte Intrique' un' Bosheite'; drzu habe' se' allerhand
Plän for die Zukunft gemacht un' so is der Weg ganz
korz worre'.

Am Garte' is ihne die Fraa Rahm entgege'
kumme', un' hot die Marie freundlich begrüßt, o
du lieber Gott, die hot vor Verlegenheit kaam was
sage' könne', aber die Fraa Rahm hot ihr die Hand
gebe' un' hot se glei in beß Zimmer g'führt, deß for
se' hergericht war, un' g'sagt, sie soll thu' als wann
se' do derheem wär'. „Sie sin' zu gütig, gnädige
Frau, hot 's Mädche g'sagt, es schickt sich wohl nit,
daß ich als Ihne' ganz unbekannt so drher kumm',
aber ich kann nir drfor, der Fritz hot's zu verant-
worte'." „„Mei', mache Se ke' Umständ', liebi Mari,
gel' so heese Se', mich freut's, daß ich Ihr' Bekannt-
schaft mach', die Gegend is schö', ihr Bruder kennt
Alles un' ich denk', es soll Ihne' nit reue', e' Paar
Täg' do zugebracht ze habe'."" Un' nocher hot se' ihr 's
Haus un' de' Garte' gezeigt un' die klee' Oekonomie,
un' die Marie hot gebitt', daß se' in der' Haushaltung
mithelfe' derft, damit se' nit so for nir do wär' un'
is so nett un' artig gewest, daß se' die Rahm nor alls

mit Vergnüge' a'gschaut hot. B'sunners war se' aber
über die graciös Tournüre von dem Mädche verwun=
nert. Mer merkt's doch glei', hot se sich gedenkt, wann
so e' Mädche in ere ordentliche Pension war, dann
weil der Fritz g'sagt hot, sie woll' e' Stell in ere
Pension nachsuche', hot se' gemeent, sie müßt aach in
so eener geweſt sei'. Drbei is ihr ei'gfalle', weil se'
selber in ere Pension erzoge' worre is, was do die
sogenannte Dame' oft for e' hartes Loos habe', wann
juſcht die Directrice e' rechter Drach' is, wie's genug
vorkummt. Deß schöne Mädche hot se deßwege' werk=
lich gedauert un' wie se' dann e' Paar Täg' mit ihr
im Haus gewerthſchaft' un' die Marie aach im Stricke',
Häckle' un' so Sache' gar g'ſchickt gfunne hot, so is
ihr gar nit ei'gfalle', die so g'ſchwind wibber fortreeſe'
zu loſſe', un' is die Marie alls lieber gebliebe', dann
emol wiebber mit Ruh gut zu eſſe', un' zu ſchlofe', hot
dem junge Blut gar wohl getha', un' mit ihr'm Schatz
in der ſchöne Gegend ſpaziere' zu geh', war ſo, was
nor's Herz verlangt hot. Die klee' G'ſellſchaft war
dann innig vergnügt un' hot Alles ſo harmonirt, daß
ſe' wann's ihne' ei'gfalle' wär' wohl die Stroph' aus
dem alte' Lied hätte' ſinge' könne':

> Wir ſitzen ſo fröhlich beiſammen
> Und haben einander ſo lieb,
> Wir erheitern einander das Leben,
> Ach wenn es boch immer ſo blieb!

4*

3.

Die Marie war bal' zwee Woche uff dem Landhaus, bo is gege' Abe'b, wo se' mit der Fraa Nahm un' mit 'm Fritz im Garte' g'sesse' is' un' juscht 'n Blume'kranz gebunne hot, uffemol e' Pferdgetramp'l un' Wagegerass'l drherkumme' daß die Nahm uffg'sprunge' is' un' g'sacht hot: „Ich glaab' gar, mei' Bruder kummt vun der Rees' zuruck! Kummt Kinner, wolle mer sehe', ob's so is'."

Un' so sin' se' be' Garte'weg 'nausgange' un' richtig fahrt der alte Bohrer die Stroß 'rei' un' hot schun vun weit'm mit 'm Hut gegrüßt un' gewunke'. Dem Fritz is' die Farb' aus 'm G'sicht g'schosse' un' der Marie aach, wer hätt bann deß gebenkt, daß er jetz' schun käm', 's hot jo g'heese, erscht in zwee Woche'! Wie werd's jetz geh', wie werb;'s werre'?

„Ja, grüß bich Gott, sächt die Nahm, wie der Wage a'gfahre' is', was e' Ueberraschung, ich hätt' bich so bal' nit erwart'." „„Grüß bich Gott, liebi Kathrin, sächt er, un' springt ganz frisch aus der Chaise, gel', ich hab' mich getumml't wibber heem zu kumme, ich kann br' sage', ich hab' e' wahres Heemweh g'hat, bann der Spetak'l un' deß Mensche'gewühl in bem London un' Paris hätt' mer am End noch Koppweh gemacht, nee, eemol, aber nit nochemol."

Un' die Rahm stellt die Gäscht vor un' der Bohrer
hot se' freundlich begrüßt, un' mer hot 'm a'g'sehe, daß
'n die Schönheit vun der Marie frappirt hot.

„Deß is' jo charmant, sächt er, dann liebe Leut' ich
hab' so viel zu erzähle', daß drei kaam lange', um's a'zu-
höre' un' Zeug hab' ich mitgebracht un' Sache', daß Se'
der Schwefchter schun gucke' helfe' müsse', mei' liebes
Fräule', sunscht greift's ihr die Nerve' a'."

Un bo hot er die Marie gar freundlich a'gelacht, un'
is' ihr un' 'm Frig wieder besser worre', wie se' g'sehe', daß
der Onk'l e' ganz jovialer Mann is. Is' dann der Wage'
abgepackt un' Koffer un' Kischte' in's Haus g'schleppt
worre', wo der Frig un' 's Karlche mitgholfe' habe'
un' hot der Herr noch e' Weil mit der Schwefchter
geredt un' is nocher in sei' Zimmer. Die Rahm hot
aber der Marie gewunke' un' sie soll 'n gute' Punsch
richte', sie woll derweil in Küch un' Keller sehe', dann
ihr Bruder hätt' Hunger un' viel Dorscht, hätt' er
g'sacht.

E' Stund d'ruff is Alles fröhlich beim Souper
g'fesse' un' hot der Bohrer verzählt vun denne Welt-
wunner in der Londoner-Ausstellung, wo 'n aber
bfunners die englische Flinte' un' deß viele Jagd- un'
Fischzeug interessirt habe' un' nebe'her die Raritäte'
aus China un' Japan un' Indie un' wer weeß' wo
her, die bo zu sehe' ware'. Die Marie hot 'm alls besser
g'falle' un' er hot sich 's mehrscht' an die abbressirt,

obwohl se wenig geredt hot, der Fritz derzwische' hot
die Rahm unnerhalte'.

Do sächt der Bohrer, wie Feldhühner uff de' Tisch
kumme' sin': „die Gränk nochemol, wie steht's dann mit
der Jagd, Kathrin, gits viel Hinkl, was sächt dann mei'
alter Flurschütz?" Do hot die Schweschter gelacht: „Mei'
lieber Wilhelm, sächt se, wann mer vun deiner Jagd hätte'
lebe' solle', so wäre' mer lang verhungert, dann bei' alter
George bringt gar nix, die Hühner, do hab' ich vun
Mann'em g'schickt kriecht." Der Fritz aber hot versichert,
es gäb' recht viel Hühner un' junge Hase' hätt er aach
gsehe', die schönschte.

„Sin Sie aach Jäger?" frogt der Bohrer. „Ich
hab' viel gejagt, wie ich noch Student war, sächt der
Fritz, un' geht mer gar nix über's jage', deß is wahr=
haft e' ferschtliches Vergnüge'." „Ei do müsse' Se
mit, sächt der Bohrer, morge' glei' wolle' mer unser
Glück probire' un' ich will die neu' Doppelflint, die
ich aus London mitgebracht hab', einweihe'. Noch 'm
Frühstück will ich Ihne' mei' Jagdarsenal zeige', do
könne Sie sich 'raussuche' was Se wolle'. Un' Sie,
liebes Kind, müsse' mer Waidmanns Heil wünsche',"
wendt er sich zu der Marie.

„Mit'm gröschte Vergnüge'," sächt die, un' die Rahm
bischpert ihr zu: „gucke' Se, so sin' die Jäger, vun
mir thät er beß nit annehme'." „Aber ich, gnädige
Fraa, bitt' d'rum, sächt artig der Fritz, un' was gilt's
ich bring e' Mittagesse' mit." Do habe' se gelacht

über die Jäger-Ei'bilbunge un' nocher sin' Gsundheite'
getrunke' worre' in Wei'un' Punsch bis Mitternacht,
wo mer endlich in's Nescht is.

Mit eine Seufzer hot sich die Marie niedergelegt
un' mit eme Seufzer is aach der Fritz ei'gebuselt.
Wie werds geh'? wie werds werre? —

De' annere Morge' is der Herr Bohrer schun jagd-
fertig zum Frühstück kumme', mit ere graue grü' gstickte'
Blouse, rehfarbene Hose' un' Gamasche' un' eme grüne
steyerische Hut, der zu sein'm sunneverbrennte' G'sicht
gut gstanne' hot. Was 'n Jagbanzug betrefft is jeber
ächte Jäger e' bische wählerisch, wann er aach sunscht
nit viel noch be' Mode' fragt, der Bohrer hot aber
beim Muscht're vun sein'm Anzug aach e' bische an
die Marie gedenkt, dann 's is nix natürlicher als daß
e' Mann eme hübsche Mädche' gern gfalle möcht'.

Der Fritz is aach gehörig armirt un' bstimmt worre,
daß die erschte g'schossene Hühner glei' in die Küch
g'schickt werre, um 's Mittagesse' zu completire', un' daß
beß am e' Waldhang in der Näh', wo e' schöni Aus-
sicht war, g'halte' werre' soll. Die Dame' habe' also
allerhand zu b'sorge ghat un' die Herrn sin mit 'm alte'
George', der se mit e' paar prächtige' Hund' im
Garte' erwart' hot, uff die Jagb 'naus.

Glei' an be' erschte Felder habe' se schun Hühner a'ge-
troffe' un' hot der Bohrer meeschterlich e' Doublette gemacht
un' er hot's gern g'hört, wie der Fritz e' freudiges
Bravo gerufe' hot, dann der George war e' brummiger,

truckner Kerl, der nie Bravo gerufe' hätt, un' wann
noch so viel Hinkl 'runnerg'falle' wäre'.

Der Fritz hot aach sein' Mann gemacht un' wann
er's dem Alte' aach nit gleich hot thu' könne', so hot
er doch ganz gut g'schoffe'. Wie se e' paar Stund'
gejagt habe', war am e' schattige Plätzche e' Klee'
Gablfrühstück parat un' hot sich der Bohrer mit dem
artige lebhafte Fritz, der allerhand Jagdg'schichte gewißt
hot, prächtig unnerhalte'. Dernocher habe' se wiebber
weiter gejagt un' sin' endlich ziemlich müb' dun dem
'Rumlaafe' in der Hitz mit etliche zwanzig Feldhühner
zu de' Fraunzimmer kumme', die de' Tisch recht zierlich
hergericht' habe', un' is lustig getafft un' g'schwätzt
worre'.

Noch 'm Effe' hot die Rahm de' Fritz wege'
ere' Weganlag' consultirt un' is der Bohrer mit der
Marie allee gewest.

„Ja Ihr Waidmanns = Heil hot gut a'gschlage',
liebes Marieche', sächt er, un' ich halt' was uff so
Sache', bin aach so e' verpichter Jäger, daß es, wann
ich was wünsche' derft', alsfort Herbscht sei' müßt. Ich
bin wohl aach e' Blume'freund, aber die Herbscht=
blume' wäre' mer gut genug."

„Aber, Herr Bohrer, sächt die Marie, 's Früh=
johr mit sein'm Schmuck dun Primle', Veilcher, Narcisse
un' Tulpe un' der liebe' G'sang dun de' Finke' un'
Troffle', beß thäte Se doch gewiß hart gerothe', dann

nit umesunscht schwärme' die Dichter vum Erwache
der Natur un' wie mer so sächt."«

„No, meintwege', Ihne' zu Gfalle' un' wege be'
Waldschneppe' will ich's Frühjohr zugebe', ich kann
Ihne aber sage', weil Se beß Erwache' der Natur
citire', daß mer lieber wär', wann se gar nit ei'schlofe'
thät', dann den langweilige Winter kann ich nit leide'.
Aber sage' Se, was thäte' dann Sie wünsche', weil
mer doch in dem Thema sin'?"

„„O mei' Gott, sächt die Marie, ich thät mer nor
wünsche', all's mit 'm Fritz zesamme' lebe' zu könne',
beß wär' mei' eenziger Wunsch.""

„Wahrhaftig e' recht bescheidener Wunsch, Marieche',
sehen Se bo bin ich schun lecker un' thät' mein'm
erschte Wunsch noch be' Zusatz mache', daß ich all's
mit Ihne' zusammesey' könnt', verstehen Se, beßwege'
könnte' Sie doch aach mit 'm Fritz zesamme' sey'."

„„Ach Herr Bohrer, Sie habe' e' lebhafti Phan=
tasie, 's kann aber mit dem eene Wunsch so wenig
was sei' wie mit dem annere'.""

„No'! beß is richtig, mei' Reduction der Jahrs=
zeite' thät der Herr bo drobe' schwerlich zugebe', beß
glaab' ich selber, aber daß mir beinanner bleibe' könne',
beß meen' ich müßt' sich mache' losse', gebe' Se Acht,
ich arrangir's."

Do hot die Marie g'seufzt un hot noch 'was ant=
worte wolle', aber die Nahm is mit 'm Fritz zuruck=
kumme' un' is die Conversation allgemein worre' bis

mer heem is, wo der Bohrer noch 'Prefente' vun feine
Reif=Emplette' gemacht un' aach' der Marie e' fchönes
Arbeitskäfchtche g'fchenkt hot. — O was for fchöne'
un' doch aach forge'volle Täg' for die junge Leut'! Un'
beß Lebe' is lufchtich fo fortgange.

4.

Der alte Bohrer hot nooch und nooch an fich bemerkt,
beß er werklich in die Marie verliebt war un' die Jbee,
er könn' jo beß Mädche' heurate', is 'm aach glei' in
be' Kopp kumme'.

Wie er emol in fein'm Zimmer an beß gedenkt
hot, fo hot er fich for be' Spiegl g'ftellt un' e' bis=
che fei' Ausfehe' examinirt. „Jung bifcht be nimmer,
denkt er, aber e' homme mûr was mer fächt; die
Schwefchter thät' vielleicht e' bische brummle', aber
nee', fie hot jo die Marie felber fo gern. Aber die
Marie? Ei die Gränk, was foll fe opponire, 's Lebe'
g'fallt ihr hier, gut leibe' kann fe mich aach, wann fe
jetz' noch e' Weil bei uns is un' der Frith aach e'
vernünftiges Wort zu ihr rebb't, warum foll fich's nit
mache?! Un' den Frith kann ich gut brauche', ich hätt'
fo fchun lang gern 'n Verwalter genumme', der kann's
werre, e' guter Jäger is er aach. — Wann fe bich
aber boch nit nemmt? Do werfcht be' hübfch ausge=
lacht als abg'fahrener Amor, beß is richtig. Ah was!
Ich mach's wie uff der Jagb, wann ich fercht' 'n Reh=

bock zu verderbe', so schieß ich lieber nit, wann ich aber schieß', so hab' ich 'n aach."

Un' so geht er zum Fritz un' sächt: „Hör'n Se, lieber Herr Keller, Sie müsse Verwalter vun mein'm Gut werre, beß is g'scheiter als e' Hofmeeschterstell obber so 'was, ich geb' Ihne 800 Gulbe, Esse' un' Wohnung koscht aach nir, ich mach' mit meine Sache' nit viel Umstänb', also frisch 'raus, wolle Se die Stell' annemme'?"

Wer kann sich die Verwunnerung vun bem Fritz benke', „ach mit tausend Freube'," sächt er, un' bruff ber Bohrer, „beß bitt' ich mer noch aus, daß die Marie aach bo bleibt, mir habe' se jo all' so gern un' will se heurate', so kann se hier wohl aach 'n Mann sinne'. Also gute Morge', Herr Verwalter," sächt er lächlnb un' geht aus 'm Zimmer. Der betroffene Fritz hot noch gehört, wie er ganz luschtig be' „Jäger aus Churpfalz," die Stieg nunner gepiffe' hot. O bu göttlicher Onkl, hot er sich gebenkt, wann ich nor mei' Incognito schun los hätt'! Un' is glei zu ber Marie g'sprunge', bie ebe' ihr'n Hut uffg'setzt hot um mit ber Rahm spatzire' zu geh' un' hot mit Jubl sei' Glück verzählt.

„Ja bu lieber Fritz, sächt bie Marie, wie sehr's mich freut, so is es boch erschrecklich, wann ich bra benk, was bie gute Leut' sage' werre, wann se erfahre', wie's mit uns is, ich sag' bir, ich ertrags nit, noch länger so mitzumache', bring's vorenanner so gut be kannſcht, aber ich muß fort, ich bin's feſcht entſchloſſe un' übermorge' reeſ' ich noch Karlsruh.“

„„Ich bitt' dich um Gottes Wille, Marieche, thu' doch deß nit, ſich! die Leut habe' uns jetzt' kenne' gelernt un' habe uns gern, warum ſoll ſich deß ännere, wann ich ihne 'als Neven noch näher ſteh' un' meenſcht be dann der Onkl werd, wo ich dich jetz' heurate kann, die Erlaubniß abſchlage', nee' deß thut er nit, ſchun dir zu G'falle' thut er's nit.“„

„Aber wann's halt anners is, wann er's recht übel nemmt, daß mer'n ſo hinnergange habe', was e' Schmach kann do über uns kumme'?!“

„„Sei ruhig, Kind, hot der Fritz getröſcht, un' geht's krumm, ſo laaſe' mer halt in Gottesname' minanner drou'.“„ Un' do hot er deß Mädche' herzlich embraſſirt, un' d'rüber hot die Rahm aus'm Garte' ruff geruſe' zum Spazire' geh'. Ganz verwerrt is die Marie zu ihr 'nunner.

„Ei, ei, Marieche“, ſächt die Rahm, die an dem Mädche die Uffregung bemerkt hot, „was is dann heut' mein'm Schatz, was habe' Se dann, is Ihne' was Unangenehm's g'ſchehe'?“

„„Ich hab' ſo an allerhand gedenkt, liebi Fraa Rahm, mer hot ſo Stunde', die emm' traurig ſtimme', mer weeſ' oft ſelber nit warum.“„·

Do is der Rahm der Gedanke' kumme', deß Mädche' hätt' vielleicht e' Verhältniß mit eme junge' Mann; die Ausſichte zum Heurathe' werre' nit günſchtig ſei',

denkt se, aber vielleicht kann mer was helfe', wenig=
stens 'n gute' Rath gebe'. Un so fangt se wiebber a':

„Sage' Se mer, Marie, ware' Se schun emol ver=
liebt, habe' Se e' Bekanntschaft?"

„„Ich kann's nit läugne'"", hot die Marie schüch=
tern geantwort'.

„Un' wer is dann der Freund; Sie wisse', ich
meen's gut mit Ihne', mir derfe Se Ihr Herze'sa'ge=
legeheite schun anvertraue', wie heeßt er dann?"

Do is die Marie ganz roth worre', un' hot inner=
lich gekämpft, was se sage soll. Nee', denkt se, ich
kann die gut' Fraa' nit a'lüge', ich kann's nit, un' so
sächt se: Er heest Fritz Bohrer.

„Fritz Bohrer? Ei so heest e' Neveu vun mer,
der in München' studirt hot', ich hab' lang nir vun 'm
g'hört, der werd's doch nicht sei', 's war e' böser
leichtsinniger Jung."

„„Fraa Rahm, 's is werklich der nähmliche, aber
ich kann Ihne' schwöre, er is seelegut und brav, un'
wer weeß, hätt' 'm der Herr Bohrer sei Unnerstützung
nit entzoge', nemme Se's nit übl, wann ich beß sag',
vielleicht hätt' er bei'm Studire' aach noch gut getha'."

In der höchschte Verwunnerung sächt die Rahm:
„Ja, was is dann aus 'm worre', ich weeß' ke' Wort."

„„Er is jetz' Verwalter uff eme Gut"", sächt die
Marie mit zögernder Stimm', „„un' mir könnte' aach
heurathe', obwohl ich gar nir hab', aber ob er die
Erlaubniß kriegt — Ach Fraa Rahm, froge Se mich

nit weiter, übermorge reef' ich fort, un' nocher werr'
ich Ihne' Alles genau schreibe', un' bleibe Se mir
gut,"" hot se g'sacht un' hot der Rahm mit Thräne'
die Hand geküßt.

„Ne', Marie", sächt die, „fort derfe' Se nit, Sie
sin' jetz' uffgeregt, beß werd' sich schun wiebber gebe',
un' mer muß die Hoffnung nit glei' verliere, nor
te' Sorge' umesunscht, es rangire' sich so Sache' oft
ganz ce'fach."

Die Rahm hot jetz' vun was anner'm zu rebbe'
a'g'fange', un' is der Spaziergang kerzer worre', als
er beabsichtigt war, dann die Fraa hot te' Ruh' mehr
g'hat, ihrem Bruder die G'schicht mitzutheile', un' zu
mache', daß der was for die arm' Marie un' den ver=
lassene Neveu thut. Wie se also wiebber heem 'kumme
sin', is se glei' zum alte Bohrer, der beschäftigt war,
sei' Fischapparat zammezurichte'.

„Seid ihr schun wiebber zurück", sächt er, „no', jetz'
kann bei' Marie getrofcht noch länger bei uns bleibe', ich
hab' ihrn' Bruder zum Uffseher vun meiner Jagd gemacht
un' for die Oekonomie, dann mit dem alte George geht's
nimmer recht, un' so kann die Marie aach do bleibe'."
Sächt die Schwefchter, „beß wär recht hübsch, aber
die Marie will fort un' will übermorge' abreese'."

„Ja warum dann, wo will se dann hi'?"

„„Lieber Wilhelm, ich denk' mer, sie will zu ihr'm
Schatz.""

„Was?" sächt der Bohrer, un' hot große Aage'
gemacht, „zu ihr'm Schatz? ja hot dann die 'n Schatz?!"

„„Freilich, un' du werschd dich noch mehr verwun-
nere', wann ich dir sag', daß der Schatz unser Neveu,
der Fritz Bohrer is, über den be dich so oft geärgert
hoscht, sie hot mer's grad selber g'sacht.""

„Nit möglich, der nirnutzige Fritz! ja wie kummt
se dann an ben, un' was soll dann bo b'raus werre?"

„„Ich weeß' beß Nähere nit, sie war so a'gegriffe',
wie mer b'rüber zu rebbe' kumme sin', daß ich nor
erfahre' hab', er wär' jetz' recht brav, un' wär' Ver-
walter uff ene Gut un' 's wäre' Anstänb' wege' der
Heurathserlaubniß; ich denk' mer wohl, sie hot aach
dich mit gemeent, du sollscht halt dem Neveu verzeihe'
un' dich wiebber mit 'm versöhne', beß werb's wohl
geweft' sei', aber sie hot sich's nit zu sage getraut,
dann sie will mer schreibe', hot se g'sagt, wahrschein-
lich aus dem Grund. Viel werb' er nit habe', un'
sie, der arme Narr, hot gar nix, un' bo meen' ich,
mir sollte ihr e' Aussteuer gebe', ach 's is mer leeb,
wann se fortgeht.""

„Die Gränk, mir aach," sächt der Bohrer, „ich hab'
se lieber als se meent — jetz' guck emol die G'schichte!
No! 's is gut, noch Tisch werr' ich selber froge, was
es dann mit dem Neveu bo is, den mer schun schier
vergesse habe'."

„Ja thu's", sächt die Rahm, „aber gel' manierlich
unb freunblich", — un' so is se 'naus.

„Guck' emol des Mariche", sächt der Bohrer, wie er allee war, „wer hätt' ihr deß a'gsehe', ja stille Waſſer ſin' tief, heeſt's. Dunnerwetter, bo hätt' ich hübſch 'neipatſche' könne' un' mich blamire'; was bin ich ſo froh, daß ich nit 'raus bin mit der Sproch, deß wär' e' recht ärgerlicher Fehlſchuß geweſt. Deß gute Kind, ja wann ſe nor glücklich werd', in Gottes Name'".

Un' die Geſellſchaft is mit ere gewiſſe Spannung zum Diner kumme', nor der Fritz hot vun denne Er=klärunge' nix gewißt, weil er be' ganze' Morge' in der Oekonomie zu thu' g'hat hot. Der war alſo heiter un' g'ſprächig wie gewöhnlich, die Marie aber hot blaß ausg'ſehe', un' nor nothgebrunge' gered't.

Do nemmt jetzt bei'm Deſſert der alte Bohrer ſei' Glas un' ſtoßt mit der Marie a' un' ſächt: „Apropos, Mariche, was hab' ich g'hört, Sie ſin' Braut oder wenigſtens verſproche, un' gar mit mein'm Neveu? un' Sie habe mer nix b'rvun g'ſacht?" — Un' die Marie hot ihr Schnupptuch for die Aage' g'halte. Der Bohrer aber hot fortgemacht, „daß Se ſehe', daß mich als Onkl deß aach 'was a'geht, ſo will ich Ihne' ſage', daß ich Ihr' Ausſteuer übernemm', un' daß ſe ſehe', wie e' wilder Jäger gege'über vun ſo eme liebe Kind, wie Sie ſin', gar nit ſo grimmig is, ſo will ich aach die Heurathsbewilligung vermittle', aber die Gränk nochemol, ich weeß' gar nix mehr vun dem Neven' und Sie müſſe mer ſage', wo dann der Schlingl jetz' is?"

In dem Aageblick springt der Fritz vum Stuhl uff, un' sterzt dem Bohrer zu Füsse'. „Do is der Schlingl, ruft er, o lieber Onkl, ich bin nit der Fritz Keller, ich bin der Fritz Bohrer, un' die Marie is nit mei' Schweschter, sie is mei' Braut, o verzeih'n Se, die Noth und die Lieb' habe's gemacht, daß mer nit g'sacht habe, wer mir sin', o verzeih'n Se lieber Onkl, liebi Tant!"

Un' die Marie is der Nahm um be' Hals g'falle', un' is so e' schrecklichi Rührung überall g'west, daß der alte Bohrer, der jetz' Alles g'schwind übersehe', die gröscht' Noth g'hat hot, zu beschwichtige' un' Ei'halt zu thu', dann die Rührunge' hot er nit leide' könne', un' war doch selber vum e' gar weeche' Gemüth. „Seib doch ruhig", hot er gerufe', „mir kenne' euch jo jetz' genug, un' s'war jo doch nor e' Comödie wibber Wille', also ruhig, un' Fritz verzähl' un' Marieche', trinke Se doch, daß Se wiebber zu Kräfte' kumme?" Und hot der Fritz Alles verzählt vun ihre Ab'n'teuer un' Noth und Sorge', un' bal' is wiebber überall blauer Himmel geweft, un' habe die Alte' herzlich lache müsse', wie se g'hört, daß die G'schicht mit dem Worschtl, anfangs 'm Fritz sei' Unglück, enblich in sei' Glück umg'schlage' is.

In verzehn Tag' druff war großi Hochzeit, un' habe' all' vergnügt minanner gelebt wie vorher, un' der Fritz un' die Marie natürlich noch vergnügter.

'S 'schlof'nde Lottche'.

5*

Wer hot nit feiner Zeit vum Lottche' vun Per=
mafens g'hört? Die war weit 'rum berühmt wege'
ihrer Schönheit un' aach wege' ihrer Artigkeit un'
Freundlichkeit, dann beß geht über alles Schö'sey' un'
an der Schönheit allee, wann eeni pumpsich un'
wibberwärtig is, hot mer bal' genuch. Um beß Mädche'
zu sehe' sin' die junge' Leut' oft stunde'weit geloffe'
un' wer gar bei eme Ball mit ihr hot tanze' derfe',
der war im siebe'te' Himm'l. Alles hot ihr die Cour
gemacht un' vun de' bescht Familie' habe' sich Freier
ei'gstellt und sie hot nor die Hand ausstrecke' derfe',
so is an jedem Finger eener g'hängt. 'S Lottche' hot
beim e' alte' reiche' Onkl gewohnt, un' weil er se so
gern ghat hot, so hätt' se wähle' könne' wie sie ge=
wollt hätt' un' nor e' eenzige Bedingung hot er for
sei' Ei'willigung gemacht. Es is do brmit e' g'schpaßigi
G'schicht gewest.

Deß Lottche' nähmlich hot die Gewohnheit g'hat,
noch 'm Nachtesse', wann's uff zehn Uhr gange' is,
schläfrig zu werre, un' obwohl's nie an G'sellschaft
g'fehlt hot, dann e' paar Herrn vun Permasens mit
ihre Fraue' sin' schier jede Abe'd zum e' Spielche

heurate' solle', der Onkl hätt's gern g'sehe', aber 's
hot ihr halt gar kenner g'falle'.

Do sin' uffemol vier Werber minanner kumme',
charmante Leut' un' vun gute' Häuser empfohle'. Der
ee' is e' Graf geweft, hot Pappe'berg g'heese', vun ere
alte' Famill', der anner' war e' Baron Leonharb, der
dritte e' berühmter Doctor, Herr Dittl vun Germers=
heim un' der vierte e' Rittmeeschter, Herr vun Grünewalb.

Die Herrn habe dem alte Onkl sei' Raupe' wohl
gekennt un' sich uff den Abe'b, wo jeber beim Lottche'
hot sitze' derfe, vorbereit', wie e' Schauspieler, der
zum erschtemol for's Publicum kummt; e' paar habe'
sogar beß Kammermäbche' vun der Fräule hin= un'
herg'frocht, was noch ihr'm Guschto wär un' was
se int'ressire' könnt', um ihr Bekanntschafte un' so fort.

Beim Mittagesse' un' sunscht hot natürlich aach
jeber des Seinige getha', um' sich hübsch zu mache' un'
zu g'falle'.

Un so sin' dann die verhängnißvolle' Abe'b kumme'
un' bererscht hot's be' Graf Pappe'berg getroffe' bei
dem schöne Lottche' zu sitze'. Der Pappe'berg, e' feiner
hübscher Mann, war e' Enthusiascht for die Musik un'
e' großer Freund un' Kenner vun der Poesie, hot aach
selber Vers gemacht. Im A'fang is vun Beethoven
un' Mozart, vun Weber un' Mayerbeer geredt worre',
un' nocher vun Schiller un' Göthe, vun Uhland un'
Geibl un' annere Poete', recht lebhaft un' geischtreich,
un' beß is prächtig so fortgange' bis gege' zehn Uhr'

Do hot der Pappe'berg gedenkt, die Conversation thät
doch pikanter werre, wann er uff fei' Absichte' aach
kleene A'spielunge ei'mische thät', un' so hot er a'gfangt
die Heine'sche Lieder zu lobe' un' sächt mit eme gar
zärtliche' Blick, wie hübsch beß eene a'fangt.

„Du hast Diamanten und Perlen
Hast alles was Menschenbegehr
Und hast die schönsten Augen
Mein Liebchen was willst du mehr."

Un' vernocher sächt er wie wohr beß wär', wo der
Heine vum Bild seiner Geliebte' traamt un' sächt

„Doch mit dem Traum des Morgens
Verrinnt es nimmermehr,
Ich trag es dann im Herzen
Den ganzen Tag umher."

Daß er so vum traame' un' schlofe gereb't hot,
war e' unglücklicher Gedanke', dann 's hot wie e'
A'steckung uff beß Mädche' gewirkt un' obwohl se noch
g'sacht hot „Sie habe' recht, beß is ganz hübsch", so
hot se doch Schlof 'kriecht un' obwohl der Pappe'berg
g'schwind aus der Sentimentalität 'rausg'sprunge' is
un' hot vun dem boshafte Atta Troll 'was verzähle'
wolle', so war's doch zu spät un' 's Lottche' hot
g'schlofe', bis Alles ausenanner 'gange is. — Der
Pappe'berg is be' annere Tag abgereest. —

Am selle' Abe'b is jetz' der Baron Leonhard an
die Reih kumme'. Deß war e' großer Jäger un' hot
ganz frisch vun der Jagd a'gfange' un' vum luschtige'
Jägerlebe', hot aach die englische Fuchsjagde' citirt,
wo sich die Lords wege' eme Fuchsschwanz heroisch die

Hälf' breche' un' hot's recht lebenbig g'schilbert un' ausgemolt. Dernocher hot er verzählt, daß aach Dame' oft gejagt habe' wie die Maria vun Burgunb, die Catharina vun Mebicis, die Anna vun Baujeu u. s. f. Die altritterliche' Falke'jagde' sin' natürlich aach nit vergesse' worre un' was bo for herrliche Gelegeheite' for Liebenbe ware', sich so gleichsam im Galopp zu verständige', was in unserer Zeit leiber nimmer mög= lich wär'. Er hot aach allerhanb Jagbabenteuer erlebt' bie er zum beschte gebe' hot un' weil er emol im bahrische' Geberg e' Gems g'schoße' hot, so hot er an ere Bouteill' uff'm Tisch gezeigt, wie er hot nuff'= grable' müsse' un' ausenannergsetzt was so e' Jagb poetisch un' g'fährlich wär'. 'S Lottche' hot mit In= tresse zughört, er hots wenigschtens gemeent, un' so is er bann vun ber Gemsjagb uff's Alpe'lebe' un' uff bie Sennerinne' übergange' un' is mit ber gröschte Hoffnung gege' zehn Uhr' uff bie Alpe'lieber kumme'.

„Daß sin' sinnige Liebcher, hot er gsacht, aber schwer zu versteh', bann beß Oberbahrische is e' ferch= terlichi Sproch. Ich kann Ihne' sage', Fräule Char= lotte, baß ich lang gebraucht hab', bis ich so e' Liebche in e' orbentliches Deutsch hab' überseße' könne'. Gebe Se Acht, e' paar laute' so. Es singt zum Beispiel' e' Mäbche':

„Mei' Herzche' is treu,
Is e' Schlößche' brbei
Un' e' eenziger Bu
Hot be' Schlüßl brzu."

Ober e' junger Vorsch:

„Em Mädche' sei' Herz
Kann ich nit ergründe',
Ich wollt lieber en' Pfenning
Im Sch'liersee finne'.“

Recht b'sunners is aach beß, sächt er:

„Zwee schneeweiße Täubcher
Fliege' über mei' Haus,
Der Schatz, der mer b'stimmt is,
Der bleibt mer nit aus.“

„No', sächt 's Lottche un' hot e' bische gegähnt drzu, do sin' Se jo gut bra', wann Ihne der b'stimmte Schatz nit ausbleibt.“ Do hot er noch ganz verlege' 'was vun Zweifl vorgebracht un' vun' Hoffnung, un' sie müßt' schun, uff wen's a'käm', aber o weh, 's Lottche' hot die Aage' nimmer uffgebracht un' alli Müh' war umsunscht. — Leben Se wohl, Herr vun Leonhard! —

De' nächschte Abe'd is der Doctor Dittl ei'gelade' worre', bei der Fräule' zu sitze'. Der hot uff rationellem Weg, nit so per Zufall, sei' Glück mache' wolle' un' hot sich 'was ausstudirt, die Nerve' a'zurege' un' so beß fatale Ei'schlofe' am holbe Gegnstand seiner Verehrung zu überwinde'. Die Conversation war kaam im Gang, so bringt er de' Somnambulismus un' die Geischterseherei uff's Tapet.

„Was is Ihr' Meenung, Fräule', sächt er, glaube' Se an Geischter?“

„„Warum nit, sächt 's Lottche', 's hot doch jeder Mensch sein' Geischt der in 'm wohnt.""

„Ja beß is schun recht, sächt der Docter, es handlt sich aber drum ob der Geischt noch rumwandle' kann, wann der Mensch nimmer is?"

„„Ei ja gewiß, sächt se, er geht jo nit zu Grund un' weil er ohne Leib gar leicht un' beweglich sey' muß, so denk' ich mer, werd er sich die Welt erscht recht a'gucke', dann die Welt is schö' un' der sogenannte geistige Genuß steht jo über jedem annere.""

„Eigene Philosophie, mein Fräulein, aber glauben Se, dann beß is bei unser'm Thema die Hauptsach', glauben Se, daß mer 'n Geischt sehe' kann, werklich sehe', wisse' Se?"

„„Ei, Herr Docter, lacht se, habe' Se schun emol en' Gedanke' spazire' geh' sehe'?""

„Ja wohl, sächt der Docter lebhaft, mein' liebschte' Gedanke' hab' ich heut' Morge' im Garte' spazire' geh' sehe' (do hot er 's Lottche' mit gemeent), un' wann Gedanke' sich so zeige' könne', so meen ich, kann mer dem Juschtinus Kerner nit Unrecht gebe', wann er vun Geischtererscheinunge' red't. Do is sei' Buch vun der Seherinn vun Prevorscht höchst merkwürdig, Sie habe's doch gelese'?"

„„Nee', Herr Docter, ich les' so Sache' nit, wann ich doch über die gewöhnlich' Welt 'nausgeh' will, so les' ich lieber e' hübsches Gedicht, deß schwebt jo aach über dem materielle' Erbbobbem, aber nit wie e'

Boge' grau' Fließpapier den e' Storm im Nebel 'rum=
werft, sondern wie e' freunblich' farbigi Blüh', mit
der die Luft im Frühjohr spielt."'"

„Charmant, sächt der Doctor, un' benkt sich, beß
Ding geht prächtig, nor fort uff dem Thema!" un' um
se recht zu animire' hot er mit Artigkeit e' bische
wibbersproche' un' verzählt nocher e' Geischterg'schicht',
die 'm selber passirt is. Deß Fräule' hot e' Weil
zug'hört un' der Docter hot während dem Verzähle'
die G'schicht als wichtiger un' wichtiger mache' wolle',
daß es e' langi' Brüh worre' is, aber zu sein'm gröschte
Schrecke' sinkt dem Lottche' beß schläfrige Köppche', wie er
grad als Haupteffect sein' Geischt hot erscheine' losse' wolle'.
Aus war's, der Docter is ke' Mann for deß Mädche'.

Uff den Rittmeeschter Grünewalb hot zwar der
Hausherr selber ke' b'sunners Vertraue' g'hat, dann
der hot nit gar viel gereb't, daß er aber 's Lottche'
mit Liebespassion betracht' hot, beß hot der Alte wohl
gemerkt un' hot sich im Stille' gewünscht, daß er ihr
g'falle' soll, dann 's war e' hübscher Mann un' vum
e' noble' Benehme'.

Der Abe'b is kumme' un' er is beim Lottche'
g'sese' un' is vun' allerhand gereb't worre', eweil so
sprungweis hi' un' her wie beß so geht. Is dann 's
G'spräch aach uff de' Krieg kumme' un' hot 's Lottche'
gemeent, daß mer do oft schreckliche Ueberraschunge' er=
lebe müßt', wann der Feind, wie mer's oft gelese'
hot, 'n plötzliche' Ueberfall macht obber so 'was.

„Ja sehen Se, Fräule' Lottche', sächt der Rittmeesch=
ter, was so Schrecke' betrefft, so kann mer die im
tiefschte' Friede' grad so erlebe' wie im Krieg. Do
hab' ich emol mit meiner Schweschter e' Avantür'
g'hat, daß ich's mei' lebtag nit vergeß'. Wie mei'
Schweschter sechzeh' Johr alt war, habe' mer 'n Gärt=
ner uff unser'm Landgut g'hat, beß is e' böser Mensch
gewest un' alls mehr betrunke' als nüchtern. Mei'
Schweschter war e' gar schö' Mädche' un' der freche
Gärtner hot e' Aag' uff se geworfe' un, wie se sich
emol e' Bouquet geplückt hot, so kummt er drher un'
helft mit un' faßt se uffemol an der Hand un' guckt
se ganz leidenschaftlich a'. Mei' Schwester war natür=
lich indignirt, reißt sich los un' sächt 'm noch gut=
müthig genug, wann er sich beß nochemol unnersteh'
thät, so thät se 's 'm Vater sage' un' müßt' er aus
'm Dienscht.“ —

„„Curios, sächt 's Lottche', schier beß nähmliche
hab' ich emol erlebt.““

„No so höre' Se. Uff beß sächt der Gärtner
grad 'raus, wann se 'n nit liebe' wollt, so thät er se
umbringe'.“

„„Wie sonderbar, sächt 's Lottche' ganz erstaunt,
erzähle Se, erzähle Se,““ — un' obwohl 's schun
uff halber elfe 'gange' is, hot se den Erzähler mit
gröschter Spannung a'geguckt.

„Die Hauptsach' kummt erscht, fahrt der Ritt=
meeschter fort. Wie der freche Mensch so gedroht hot,

is mei' Schwester, was se gekönnt', brou'geloffe' un' hot's 'm Vater gsagt. Der Mensch is entlasse' worre' un' bal' druff hot mer g'hört, daß er wahnsinnig worre' is un' daß mern hot ei'sperre' müsse'. Jetz' denke' Se, etliche Woche' b'ruff geh' ich mit der Schwester im Garte' spazire' un' kumme' mer an e' stilles schattiges Plätzche', wo e' Amorche uff emme Poschtament g'stanne' is ganz umwachse' vun wilde Rose'."

„„Ja was is beß, sächt 's Lottche', ich bin unge= heuer gspannt."" —

„No' bo will mei' Schwester Rose plücke' un' usse= mol rauscht's in be' Büsch' un' denke Se ben Schrecke', fahrt der narrige Gärtner 'raus mit Heule' un' Zähn= fletsche' uff beß Mädche." —

„„Um Gotteswille', kreischt jetz' 's Lottche', un' Sie habe' se gerett' un' Sie sin' ber Carl Cetti, mei' lieber, lieber Freund, ber Carl!""

„Ja, liebes Lottche', ruft jetz' ber junge Mann un' faßt se zärtlich bei der Hand, ich bin's un' Sie ware' beß Mädche', gel 'e Se, beß ich sellemol zu rette so glücklich geweft bin."

„„Ach Gott, aber lieber Carl, for was bann beß Incognito, warum sich bann so verstelle'?""

„Ja sehen Se, gutes Lottche', ich wollt wisse', ob se noch freundlich an mich denke', b'rum hab' ich mich als en' Fremde' vorgstellt, bann baß Se mich mit mein'm Schnorrbart nimmer kenne', hab' ich mer wohl gedenkt."

„Wahrhaftig der Carl, ruft jetz' der Onkl, was e' Ueberraschung, mir habe' jo nir mehr vun Ihne' g'hört, seit Se g'heurat' habe', 's muß jo über fünf Johr sey'."

„Verzeihen Se, sächt der Carl, ich hab' nit g'heurat', beß is e' Bruder vun mer geweßt, aber ich will heurate' un' 's Lottche' will ich heurate', wann se mich nemmt, dann weeß' Gott ich hab' se alls noch so gern wie sellemol, wo mer als halbe Kinner beinanner ware."

Un' 's Lottche' gebt 'm ohne Zaudre' die Hand, sie falle' sich um de' Hals un' der Alte hot Bravo über Bravo gerufe', un war e' großer Jubl im ganze Haus. Is dann aach bal' druff e' prächtigi Hochzeit geweßt. —

Deß is die G'schicht' vum schlofende' Lottche' un' is e' Erempl, daß es ke wohrer's Sprichwort uff der Welt git, als „Alti Lieb' roscht nit." —

Die Käfer's.

v. Kobell, Pfälzische Gschichte'.

1.

In Speier hot emol e' vermöglicher Mann gewohnt mit ere hübsche Tochter. Deß war der Herr Karl Käfer un' die Tochter hot Frens gheese', un' der Herr Käfer hot viel Geld g'hat, nix zu thu', hot aach nix thu' möge' un' hot halt mit Esse un' Trinke', Spazire'= geh' un' Romanlese so fortvegetirt. 'S Frensche war e' nieblich' Ding un' hot e' kleeni Liebschaft mit eme Weinhändler, eme gewiße Blum, g'hat, un' wie's mit denne Liebschafte' halt geht, so is beß Flämmche' bal' e' Flamm worre' un' die Herze' habe' sich hübe' un' drübe' als mehr un' mehr verhitzt. Natürlich hot beß Pärche' heurate' wolle', bo hot's aber g'happert, dann der Alte, der wohl 'was gemerkt habe' muß, hot öfters zum Frensche' g'sagt, zum Heurate' hätt' der Blum nit Vermöge' genug un' müßt' erscht 'was werre. Er hot überhaupt e' anner' Project g'hat un' hätt' gern beß Frens an 'n alte Geldsack verheurat' un' bo war natürlich der junge Blum e' gar widderwärtiges Hin= nerniß. Daß er aber in's Haus kumme is, hot er doch nit gut wehre' könne', dann die alte' Blum's, die in Worms gewohnt habe', un' die Käfers sin bun je befreund't gewest un' ware' allerhand Rücksichte. —

6*

Wann dann die junge Leut oft verstohlens im Garte',
der hinner'm Haus gewest is, zammakumma sin un'
habe' sich Zärtlichkeite' gsagt un' derzwische aach Küß=
cher gewechselt, so hot 's Frensche alls tief gseufzt un'
ihr'm Louis, so hot der Blum gheese', vorgejammert:
„Ach lieber Louis, wie werd beß noch mit uns werre',
mei' Vater will nir von der Heurat wisse', o lieber
Louis, gel' du verloscht mich nit, aach wann be beß
thätscht, ich thät in's Wasser springe'." Un' bo sin
ihr die Thräne in be' Aage' gstanne' un' der Louis
hot se weggeküßt un' gschwore', daß er treu bleibt,
un' hot se getröscht, un' er hätt' juscht e' groß' G'schäft
mit seine Wei', is könnt' nit fehle'. „Sich! sächt er,
liebes Kind, die nächst' Woch soll ich Probe' zum alte
Guckes noch Frankfort bringe' un' sin' se' 'm recht,
schreibt er, so is mei' Glück gemacht, dann er könn'
viel, recht viel brauche. Ich wees aber gewiß, daß
'm mei' Wei' schmecke', d'rum sei ganz ruhich, liebi
Seel, du werscht sehe', daß ich als Hauptlieferant vum
Guckes zuruckkum'." So hot er se getröscht. O du
golbiger Guckes, hot 's Frensche nocher g'sagt, als
wann se zum e' Heilige' bete thät, du werscht uns
so helfe in unsrer Noth un' war ihr Gedanke' Tag
un' Nacht ebeso der alte Guckes wie ihr junger Louis.

In's Haus is noch e' Jugenfreund vum Käfer
kumme, der Herr Hildebrand, e' guter Kerl, der 's
Frens als e' klee' Kind schunn gern g'hat un' jetz' beß
Liebesverhältniß bal' gemerkt hot. Dem wär' die Heurat

ganz vernünftig vorkimme un' hot aach beim Käfer
emol drum 'rum geredt, der aber hot korz hi'geworfe':
„Is ke' Parthie for se" un' da war nir mehr zu
mache'. —

So is dann ee' Tag wie der aanere 'rumgange'
un' hot sich nir nit recht vorwärts un' ruckwärts be=
wegt, bis uffemol e' Gschicht drherkumma is, die den
phlegmatische Käfer un' 's Frens un' de' Blum, un'
's ganze Haus in gewaltige Mokkone' gebracht hot.
Deß war so. Der Käfer hot 'n Brief vun seiner
alte Mutter 'kriecht, die for gewöhnlich in Mannheim
gewohnt hot un' do schreibt se, daß se uff B'such
kumme woll' for etliche Woche un' nier möcht' ihr beß
Zimmer ebener Erd, wo se schun öfter gewohnt hot,
herrichte' losse. In dem Zimmer hot derweil der Ge=
orge, der Bediente vum Käfer, gewohnt un' is also
dem g'sacht worre, er soll ausziehe' in e' Stübche
nebe 'm Stall im Hof. Do kummt jetz' der George
ganz blaß un' verwerrt zum Käfer un' sächt, er dank'
Gott, daß er aus dem Zimmer käm', aber for die alt'
Fraa' wär's aach nir brunne, dann, dann — „No' was
dann, sächt der Käfer, bischt be verruckt, was soll dann
beß ängstliche G'stotter, so redb'." „„Ja sehen Se,
Herr Käfer, ich weeß schun warum ich stotter' un' in
Aengschte' bin, verstehen Se mich.""" „Ei die Grenk
nochemol, aber ich weeß' nir, was, Dunnerwetter, is
dann gschehe'?" Un der George sächt jetz' ganz still
un' mit zitternder Stimm': „Herr Käfer, in dem Zimmer

is es nit richtig, do geht's um, ich bitt' Ihne' unn Gotteswille', losse' Se die Fraa Mutter nit do 'neiziehe'."

„„Was?! (fahrt der Käfer zama) Umgeh? Geischter, Gschpenschter?! Verschreck' mich nit George, was hoscht be' dann g'sehe?""

„G'sehe? Meene' dann Sie daß mir b'rum is so Unbinger bun Gschpenschter sehe' zu wolle', ich sag' Ihne', ich hab' mer so genug g'hört, daß mer all Luscht zum sehe' vergange' is. 'S is seit 8 Täg' heut Nacht zum zweetemol gewest, daß es, un 's werb nit fehle' grab um zwölfe', en' Schlag getha' hot als wann 's Haus zammafalle' thät un' bruff e' Kette'gerassl, schauerlich, sag' ich Ihne'. 'S erschtemol hab' ich ge= meent, ich hätt' getraamt, aber nir, un' ich hab' Alles unnersucht, es geht um, un' nit um viel tause'b Gulde' thät ich länger in dem Zimmer bleibe."

Der George war sunscht e' resoluter Mensch, is lang Soldat gewest, un' dem Herr Käfer is es eiskalt über be' Buckl nunner gegrußlt un' hot nit gewißt was er sage' soll, dann daß der George ke' Späß' macht, hot er wohl g'sehe'. Enblich sächt er, aber 's is 'm nit dun Herze' gange: „Ei paperlapap, mei' lieber George, was soll do uffemol umgeh', jetz' wohn' ich schier dreißig Johr' in dem Haus, 's kummt ke' Mensch 'rei als höchschtns mei Hausherr, e' kreuz= braver Mann, der alle Abe'b uff der Poscht sei fünf, sechs, Schoppe trinkt un' mit eme Dußl heemgeht, nn' überhaupt die Zeite' mit denne Geischter sin' vorbei. D'rum mach' kenn Spetakl un' sag nir, ich werr' die Gschicht' unnersuche'." „„Wege' meiner, ich hab's Ihne gsacht, sächt der George, un' geht."" Der Käfer hot sich aber allerhand Gedanke' gemacht, hot wohl deß Zimmer visitire' wolle', hot's aber bis noch 'm Esse verschobe' un' nocher bis uff de annere Tag, weil's schun e' bische dunkl worre' is, un' corios, juscht wie er selli Nacht hot ei'schlose' wolle', meent er, er thät aach was höre' brunne' un' hot 'n gfröschtlt als wann er e' Fieber hätt'. Was es doch for unangenehme Evennements git im Lebe'! un' übermorge' Obe'ds soll die Mutter kumme'. —

De' annere Tag, wie er beim Kaffee sitzt, kummt der Herr Blum drher.

„Gute Morge', Herr Käfer, gel' e Se, ich kumm e' bische früh', Visite' mache', aber wisse' Se, ich reef' heut noch Frankfort, hab noch viel zu thu', wollt' Ihne aber doch Abieu sage' un' froge', ob Se dort nir zu bstelle' habe', ob ich Ihne' nir b'sorche' kann, ich thäts mit 'm gröschte Vergnüge."

„„Dank' Ihne', Herr Blum, ich wüßt nir, wie lang bleibe' Se dann wech?""

„Ich denk', in 8 Täg' bin ich wiedder hier, hab Gschäfte mit mein'm Freund Guckes, 's handelt sich um e' grossi Bstellung vun allerhand Wei' noch Ruß= land. Mei' Plän' sin' gemacht, un' ich muß reussire', Herr Käfer, deß werre se sehe'."

Un' der Käfer sacht ganz trucka: „No' do wünsch'
ich Jhne' viel Glück, Herr Blum."

Jetz' sächt der: „Aber Herr Käfer, Sie sehe' so e'
bißche' a'gegriffe aus, ich kann mer benke' warum, der
George hot so was gsacht dum e' Zimmer —"

„„Hot er 's Maul nit halte könne', ich hab' mer's
doch gedenkt, ja 's is e' dumme Gschicht'.""

„Ich will Jhne' was sage', sächt der Blum, 's is
richtig, die Uffklärung is groß in unserer Zeit un' die
Chemie hot enorme Fortschritt' gemacht, un' doch wisse'
mer nit Alles, ne ne, mei' lieber Herr Käfer, mir wisse'
nit Alles, sag ich Jhne'; es git Naturkräfte un' Er-
scheinunge' un' Beziehunge, dun benne mer halt nir wisse,
do könne' die Philosophe' demonstrire' was se wolle'."

„„Ich hab' beß Nähmliche schun oft g'sagt, aber
mer werd alls ausgelacht drmit. Höre' Se, lieber
Blum, Sie habe' so Chemie un' allerhand studirt,
wollte Se wohl e' bißche' in dem Zimmer sehe, was
dann die G'schicht sey' kann, 's wär mer e' Gfalle'."

„„Herr Käfer mit Vergnüge', ich will thu' was
ich kann un' ich meen', sächt er un' bsinnt sich e'
bißche, wann die Combinatione' richtig sin, so werd
bal' Ruh werre'."" „Sie werre doch ke' Bschwörung
mache, sächt der Käfer ängschtlich, aber mache' Se was
Se wolle', ich misch' mich nit 'nei', wann nor Ruh'
werd, 's is zu ärgerlich um so unheemlich' Zeug."

„„Habe' Se ke' Sorg, Herr Käfer, aber höre' Se,
wenn Se zufriede' mit mer sin un' wann ich gute'

Gschäfte in Frankfort mach' un' als e' vermöglicher
Mann wiebber kumm, gebe Se mer 's Frensche, sie
liebt mich wahrhaftich un' ich will se gewiß gut halte'
un' wie en Engl verehre'. Wolle Se mer beß ver=
spreche', Herr Käfer, sunscht freut mich, wees Gott,
mei' Lebe' ke' Stund mehr.""

Dunnerwetter, beß aach noch, benkt der Käfer un'
räuschpert sich voller Verlege'heit als wann er sich ver=
schluckt hätt', brnocher nemmt er e' Prif' Tubak un'
fächt: „Mei lieber Herr Blum, mir wolle', vun der
Sach' emol spreche', wann Se wiebber von Frankfort
zuruckkumme'."

„„Aber lieber Herr Käfer, was wolle' Se mer,
wann ich als e' gemachter Mann wiebber kumm' un'
den wiebberwärtige Spuck in dem Zimmer ausstubir'
un' beseitig', sehe' Se, ich versprech' vielleicht mehr
als ich halte' kann, wann ich's aber halt', o bringe se
's Frens nit in Traurigkeit un' losse' Se mich Ihrn
ewig dankbare Schwiegerfohn werre'.""

Wann nor beß verdammte Zimmer nit wär', benkt
sich der Käfer, dann bie Unannehmlichkeite mit Aus=
ziehe' un' beß Geschwätz brüber, un brzu des Gejam=
mer un' Gemaunz vum Frens, wann er's rund ab=
schlagt, — es war erschrecklich, un' so fächt er enblich:
„Herr Blum, ich will's zugebe', aber beß sag ich Ihne'
wann Se nit Wort halte' in Allem, wohlgemerkt,
so will ich nix mehr höre', un' berweil ke' Silb' gege'
's Frens un' Niemand." Der Blum umarmt 'n

zärtlich un' fort war er, 's könnt' jo ben alte Gries=
gram wiebber reue'. Bei sich aber hot er heemlich ge=
lacht über bie Geischtergschicht, bann er hot sich nix
anners benke' könne', wo ber Spetakl herkumme' sollt',
als bun sei'm junge Champagner, ber unner ber Stub
im e' Keller, ben er gemieth' ghat hot, gelege' is un'
wo alls Flasche' geplatzt sin'. Der George is 'm uff
ber Trepp begegnt un' bo hot er e' wichtig G'sicht
gemacht un' hot sich in beß Zimmer führe losse', hot
bo bie Hänb' an bie Wänb' gelegt un' was for sich
hi'gemormlt, un' hot beim Fortgeh' gsacht „Jetz' wolle'
mer hoffe', baß in Zukunft Ruh seh' werb bo brinn."
Drheem aber hot er sein'm Bebiente, 'm Jakob, uff=
getrage', er soll ben junge Champagner in en annere
Keller lege' un' alte Wein brfor 'nei, es wär for be'
Champagner e' bische zu warm. Un' bruff is er
mit beschte Hoffnunge' noch Frankfort g'fahre'. —
    Der Käfer aber hot um Alles nit habe' wolle',
baß bie Mutter vun bere Gschpenschtergschicht was er=
fahrt un' baß er sich gefochte hot un' war 'm bang,
ber George könnt' 'was brüber schwätze'. Un' so hot
er ben gege' Obe'b nochemol vorgenumme un' hot
'm gsacht, 's hätt sich jetz' gfunne was Ursach an bem
nächtliche Gepolter wär, bann — wie 's Frens mit
ber Magb, ber Kathrin', beß Zimmer in Orbnung
gebracht, bo hätte' se e' Katz aus eme Winkl gejagt,
bie müßt' bei ber Nacht was umgschmisse' habe', beß
wär bie ganz' Gschicht'. Der George hot freilich be'

Kopp g'schüttlt, hot aber nir sage' berfe'. Un' die alt Fraa Käfer is wohlbehalte' a'kumma un' mit viel Begrüßung un' Gebabl in beß gewisse Zimmer g'führt worre'. —

2.

Die Fraa Käfer war tief in be' sechzig, aber an Lebenbigkeit alls noch bei der Heck un' grab 's Gege'= theil vun ihr'm Sohn, sie hot for e' halbt Gelehrti gegolte un' viel gelese' un' aach gern e' bische bick mit getha'. Die Fraa hot in dem ominöse Zimmer präch= tich gschlofe un' de annere Tag war se die erscht in der Stub, wo g'frühstückt worre is. Do hot die Kathrin die Tasse hergerlcht' un' der George mit ere Gießkann bei be' Blume' am Fenschter zu thu' g'hat. Die Kathrin' sächt: „Schöne gute Morge', habe 'Se gut gschlofe, Fraa Käfer?" „„Dank schö', ganz präch= tich."" „Un' sin gar nit uffgeweckt worre'?" „„Kenn' Aageblick, warum dann Kathrin?"" „No' ich hab nor so gemeent." — Un' wie die wiebber was holt in der Küch', frogt aach der George: „Un' habe gar nir g'hört Fraa Käfer?" „„Ja was hätt' ich dann höre' solle?"" „Ich hab' nor so gemeent," sächt der aach. Un wie der Käfer kumme' is, hot er aach gfrocht wie die annere un' is beß der alte Fraa wohl uffgfalle', hot aber juscht nir gsacht. Deß is aber schier alle Tag, un' bsunners vum George bis nähmlich' ver= wunnerlich' Frogerei geweft, un' enblich sächt die Fraa

Käfer: „George, fag' Er doch was foll dann deß ewige Froge' bedeute' ob ich nir g'hört hätt' bei der Nacht, was is dann deß?" Un' der George vertraut ihr heemlich fei' Erlebnuß. „Du lieber Himmel, fächt er nocher, deß hätt ich mei' Lebtag nit geglaabt, daß der Herr Blum in fo Sache bewannert is, un' 's grußlt mich wann ich dra' denk'. Dann ich will Ihne' noch fage, der Mammfell Frens hot er aach de' Kopp ver= ruckt, ja ja, der alte George merkt Alles, wann er aach nit dergleiche' thut. Un' ich bleib' halt 'rbei, 's geht doch nm." Do fächt die Käfer e' bißche är= gerlich: „Mei' geh' mer ewech mit dem dumme' Zeug, was fächt dann mei' Sohn?"

Un' der George zuckt die Achfle „E' Katz hätt' den Spetakl gemacht, hot er mer weiß mache' wolle', ja wohl e' Katz, aber was for eeni, Gott bewahr' em brfor, aber wiffe' Se Madame Käfer, er glaabt felber nit an die Katz, un' er thät' um ke' Geld allee' in deß Zimmer geh', deß hab' ich wohl merke' könne'."

„Mei' lieber George', fächt die alt' Fraa ganz pikirt, 'bhalt' Er fei' Hifchtör'cher for fich, deß rooth ich 'm, dann es is nir als Ei'bildung un' ich will ke' Gfchwätz über fo Sache' in meiner Famill, verfteht Er mich." Un' loßt 'n fteh' un' geht in die Stub' zu ihr'm Sohn un' fahrt den a', daß er ganz ver= fchrocke' is.

„Was muß ich dann do höre' dun mein'm Zimmer, Gfchpenfchtergfchichte', Geifchterbanne'? was foll deß heese', was mer der George verzählt hot? Ich will nit hoffe, mei' lieber Karl, daß be so Sache' glaabscht, un' mit so Dummheite' unser Famill blamirscht un' bei' alti Mutter! beß wär' wahrhaftich e' Schand!"

„Ich, ich? stottert der Käfer, ich glaab' jo nix, hab' jo gar nix g'sacht, was mache' Se dann Spetakl wege' dem eefältige' George bo?"

„„Is genug, daß be dich so vergesse kannscht, eme Mann wie der Herr Blum was b'rüber vorzeschwätze' un' 's hot ganz be' Anschein, daß be' 'n noch consultirt hoscht, was muß der Mann denke? daß be' ke' Genie bischt, mei' lieber Karl, beß weef ich, Gott sey's ge= klaagt, lang genug, aber, nemm mers nit übl, for so dumm hätt' ich dich boch nit g'halte'."" Ganz ver= schrocke' sächt der Käfer: „Ja bu lieber Himml, beß sin lauter Phantasiee', ich hab' zum Spaß wohl bem Blum brvun gsproche', aber nix consultirt oder baß er helfe' soll oder so was, ke' Gedanke'." Un' so hot er geloge' was möglich war um die alt' Fraa wiebber zu be= ruhige', bann so e' respectabels Familliestück kann e' Haus umkehre', wann se jufcht in die Hitz kummt. Er aber hot sich gedenkt, mit bem Blum werd mer, wann er wiebber zurück is, vun bere Gschicht' wohl nit nochemol a'fange'. —

Deß Ding war gut. Die alt' Fraa hot bei'm Frensche noch e' bißche sonbirt weche' bem Blum, ben se als en' artige Mann selber gekennt hot, un' hot sich ihr Gebanke' gemacht. — Zwee Täg' bruff is e' großi Hitz geweßt, dann 's war im Juli un bie Fraa Käfer hot Nachts in ihrm Zimmer nit recht ei'schlofe' könne' un' hot sich beßwege' noch spät e' Licht a'gezünd um ze lese'. Alles war ruhich im Haus, ber Käfer hot schun lang g'schlofe, ber George un' bie Kathrin aach, ner 's Frensche hot noch am e' Brief g'schriebe' an ihren Louis mit tause'b Zärtlichkeite' un' baß es halt mit dem Guckes gut geh' mög', un' baß se alle Tag' be' liebe Gott bitte' thät, baß er benne Nuße' be' Dorscht nit ausgeh' losse' soll un' baß ihne' 'm Blum sei' Wei' beffer schmecke' solle' als alles anner' Gewächs un' Fabrikat uff der ganze Welt 2c. — 'S war gege' Mitternacht un' bie Käfer hot juscht 's Licht auslösche' wolle', so thuts ufemol 'n Schlag wie e' Pistole'schuß un' zugleich hört se 'n laute' Schrei bun ere weibliche Stimm'. Drnocher war wiebber Alles still. Um Gottes Wille' was is bo gschehe'? denkt bie Fraa', faßt sich aber glei' wiebber, schluppt in 'n Schlofrock un' geht 'naus, be' George zu wecke'. Wie se an bem sei' Stub kummt, steht ber schun mit eme Licht vor ber Thür un' sächt mit wackliger Stimm': „Gel' e Se', gel' e Se', jetz' habe' Se's selber g'hört." „„Was hab' ich g'hört? sächt bie Alt', Er werd wohl aach ghört habe', baß e' Mäbche' gekrische' hot, bo is Fleesch un' Blut, mei lieber George, aber ke' Gschpenschter un' wann Er nit als e' Hasefuß morge' aus'm Dienscht gejagt sey' will, so nemm Er jetz' 'n Prüchl ebber so was un' geh' Er in be' Keller um zu sehe',

Freund Grogmann.

„Was beß e' Kreuz is um e' Paar junge' Leut', die verliebt sin' un' möchte' sich gern heurate' un' wolle's doch nit zug'steh', un' wann alls eens for 'm annere sein innigschte' Wunsch versteckt, for nix un' wiebber nix. 'S is nit zum a'sehe'!" So hot die alt' Fraa Kuchler for sich hi' gebrummelt, wie juscht e' Kaffeeparthie bei ihr ausenanner gange' is un' ihr Bäsche die Gäscht bis an die Hausthür begleit' hot. Deß ware' e' paar Freundinne aus der Nochbarschaft, un' e' junger Gutsbsitzer, der Herr Wagner, der dem Bäsche schun über's Johr die Cour gemacht hat, ohne sich orbentlich zu erkläre' un' den aach 's Lenche, so hot beß Mädche g'heese', sichtlich gern g'hat hot, ohne e' Sylb bdruun sage' zu wolle'. Es war aach mit benne junge Leut gar nix a'zufange', dann wann mer nor e' bische uff ihr' Verhältniß a'gspielt hot, so is beß Lenche feuerroth aus 'm Zimmer geloffe', un' er hot sich so Späß', wie er g'sagt hot, ernschtlich verbete'. Un' boch habe se enanner so gern g'hat, wie e' Paar Täubcher, beß hot mer ihne' an be' Aage a'gsehe'.

Die Fraa Kuchler hätt' die Heurat gern g'sehe', um 's Lenche gut versorgt zu wisse', un' die junge Leut hätte aach in jeder Beziehung zammagepaßt. 'S Lenche war e' hübschi Blondin mit Aage wie Vergiß=

meinnicht, weiß wie Milch un' Blut, e' schlankes großes Mädche' un hot 'n wunnerschöne kleene Fuß g'hat. Sie hot gar schö' singe könne' un' die Guitarre dazu spiele', un' beß hot be' Herr Wagner b'sunners entzückt un' in Extase gebracht. Der war dann aach e' großer schöner Mann mit schwarze Hoor un' schwärmerische dunkelbraune Aage' un' e' Meeschter im Klavierspiele', e' recht vermöglicher Mann, e' Gutsbesitzer, mit eme eigene Haus, mit Oekonomie unb Wei'berg an der Harbt. Die alt' Kuchler hot in der Näh' e' hübsches Anwese' g'hat, un' weil se dun ihrem Mann ke' Kinner g'hat hot, so hot se beß Bäsche in's Haus genumme'. Er, der Kuchler, hot sich wenig um die Werthschaft bekümmert un' war bei allerhand Fabrike' un' Speculatione' betheiligt, so baß er die mehrscht' Zeit uff Reese un' nit brheem geweft is. In beß Kuchlerische Haus is oft e' alter Freund vom Kuchler kumme', e' gewisser Grogmann, e' Wei'hänbler, der den Wagner gut gekennt un' for 'n G'schäfte gemacht hot. Der kummt bann an dem Tag, wo die Kaffeeparthie geweft ist, dun der ich g'sagt hab', gege' Ab'nd zu der Kuchler un' bo klagt halt die alt Fraa wiebber ihr Noth mit 'm Lenche unb mit dem Wagner.

„Sehen Se, lieber Grogmann, sächt se, die G'schicht greift mer die Nerve' a', schier alle Tag kummt der Wagner, mit 'm Lenche Musik zu mache', wie er sächt, un' ich kann 's wohl bemerke', wie se kaam die Stunb erwarte' kann un' zum Fenschter 'naus guckt, ob er noch nit kummt, un' wie er alls was zu bringe' hat, die schönschte Lieder un' Bouquettcher, un' wie se nocher singt un er accompagnirt, wo se oft enanner a'gucke, als wann se alle zwee verschmelze' wollte'. Un' ke' Erklärung nit hi' und nit her, alls uff dem alte Fleck, 's is um die Gränk zu krieche'. Mir ware' doch aach jung, un' mer is aach nit mit der Thür in's Haus g'falle, aber so e' Gethu is nit vorkumme', die Mäd-cher habe' sich e' bische geziert un' nocher Ja g'sagt un' frisch weg g'heurat', Punctum!" —

Do sächt der Gregmann: „Verhitze' Sie sich nit, Fraa Kuchler' die G'schicht' werd' sich schun mache'; wann emol zwee junge Beem zammawachse', so wachse' se alls feschter zamma, ich meen' aber, wann ich mit dem Wagner ganz ruhig b'rüber red' un' Sie mit 'm Lenche, so müßt's ihne' selber lieb sei' un' habe' se sich nor emol gege' uns ausg'sproche, so rebbe' mir for se, beß will ich nocher schun arrangire'."

„Um Gotteswille' nit, sächt ganz heftig die Kuchler, ich hab's jo schun probiert, do verderbe mer mehr als mer gut macha, beß is jo ebe' mei' Verdruß, sie wolle' nir höre' un' nir sage'. Mei Lenche' möcht' wohl oft mit was 'raus, ich seh's ihr a', aber 's werd nir, sie brixt alls rum run eem' Tag uff be annere un' 's werd halt nir, un' er is e' langweiliger Zeppler, der mit all seiner G'scheitheit un' Musik zu keem Entschluß kumme' kann."

Do lacht der Gregmann un' hockt e' Weil in Ge-

banke', bernocher fächt er: „Ich will Ihne' was fage',
Fraa Kuchler, in bem Aageblick is in der Sach' nir
zu thu', bann ber Wagner muß in G'fchäfte nothwen=
dig noch Worms, aber in drei Woche', wann er zuruck=
kommt, will ich was probire mit benne junge Leut'
un' ich will nit Grogmann heefe', wenn fe nit losgeh'n
un' entweber uns e' G'ftänbniß mache obber sich felber.“

„Ach lieber Grogmann, was habe' Se bann vor?
Ich bitt' Ihne', verberbe' Se nor nir, bann beß über=
zarte Liebes-Gebäub' vun benne zwee kummt mer vor
wie e' Karte'haus, beß die Kinner baue'; mit eme
Dupper fallt die Pafchtet' 'zamme, fie fange freilich
glei' wiebber zu baue' a', aber 's is for unfer eens
boch wahrhaftig e' höchst langweiligi G'fchicht, beß
a'zufehe!“

„„Loße Se mich nor mache', fächt der Grogmann
un' halte' Se noch benne brei Woche''wiebber e' Kaffee=
parthie, ich meen' die foll beffer ausfalle' als die
letfcht!“„ Un' fomit wünfcht er ihr gut' Nacht un' geht,
un' die Fraa Kuchler is ganz verwunnert geweft un'
hot sich nit benke' könne', was er vorhot. Wann's
gelte thät, 'n Spaß zu mache', hat fe sich gebenkt, ba
wär' ber Grogmann fchun recht, bann er war for en'
lufchtiche Cumpan bekannt, ob er aber in fo ere ernfcht=
hafte G'fchicht' reuffire' werb', beß war fe gar nit ver=
fichert, aber was war zu macha? —

De' annere Morge' is ber Herr Wagner kumme',
um fei' Reef' anzukünbige' un' Abfchied zu nehme'

un' hot wiedder e' großes prächtiges Bouquet mitge=
bracht. 'S Lenche un' die Tant' sin' im Wohnzimmer
am Fenschter g'seße, un' habe g'strickt.

Noch der erschte Begrüſſung sächt die alt' Kuchler:
„Sie wolle uns verloſſe, Herr Wagner, wie mer der
Grogmann sächt?"

„Nor uff e' Paar Woche', Fraa Kuchler, sächt der
Wagner un' überreicht drbei 'm Lenche sei' Bouquet.

„Ei was schöne Blume', ruft 's Lenche, guck nor
Tant', un' wie viel', ich dank schö' Herr Wagner."

Die Alt' hot 'n Seiteblick uff den Strauß geworfe'
unb wie ſe drinn Penſée's ſicht un' ſo feuerrothe
Blume', die ſe emol hot „brennendi Lieb" nenne' höre',
ſo fahrt ihr's durch de' Kopp, vielleicht mit denne
Blume' dem Wagner en' Erklärung abzulocke'. „Deß
iſt jo e' Strauß, wie mer ſe nor bei Hochzeite' ſicht,
ſächt ſe', un' Sie habe' e' recht hübſchi Auswahl ge=
troffe' un' gewiß e' bische d'rbei poetiſirt, explicire'
Se uns emol deß Bouquet."

„'S is nit viel bra' zu explicire', ſächt der Wag=
ner, 's ſin' gewöhnliche Blume'!"

„„Was is dann deß do? frogt die Kuchler un'
deut' uff die brennrothe Blümcher? Heeſt mer die nit
brennendi Lieb?""

„Ja wohl, ſächt er, 's is aber nir als e' Varietät
vun Geranium, ich hoff' im nächſte Summer kann
ich schönere Blume' bringe', dann mei' Garte' is noch

nit, wie er fei' foll, un' ich hoff ebe' in Worms 'n geschickte Gärtner zu finne'."

„Do habe' Se recht, fächt die Alt' (un' benkt sich: o du Lapps), ja in Worms fin' g'schickte Gärtner." ·

Un' die junge Leut habe' glei' wiedder vun der Musik a'gfange un' nochher musicirt un' zärtlich enanner a'geguckt, bis sich der Wagner empfohle' hot.

„Grüsse' Se mer 's Lange's un' 's Gollers Frens, fächt die Alt' noch, un' schreibe' Se uns emol, wie's Ihne geht, un' wann Se 'n Wunsch habe' un ich kann Ihne' was b'sorge', mit Vergnüge."

Der schüchterne Jüngling hat sich höflich bedankt un' mit viele Complimente empfohle' un' is abgereest. Noch acht Täg' hot er richtig der Tant' Kuchler g'schriebe' mit alle mögliche Wohlgeboren, un' daß es 'm ganz gut geh', und weil fe fo freundlich geweft wär' un' hätt' sich a'gebote', allenfalls was for 'n zu b'sorche, fo thät er bitte', bei Gelege'heit fein' Verwalter zu erinnere, daß er den großen Orangebaam alls bei der Nacht in's Glashaus stelle' foll, weil die Nächte e' bische kühl wäre', un' er loßt sich 'm Fräule Lenche g'horsamst empfehle'. — E' hübscher Brief, hot die Kuchler for fich hi'gsacht, do muß mer e' Gedulb habe' wie e' Haus, jetz' hab ich 'm die schönfcht Gelege'heit gebe', beß wenigstens zu schreibe, was er sich nit zu fage' getraut, un' do schreibt er vun fein'm alte Orangebaam, 's is zu arg!

Die drei Woche' fin' 'rumgeweſt, un' kaam war
der Wagner a'kumme', ſo hot 'm der Grogmann
aach ſchun e' Viſit gemacht. Sie habe' vun Worms
gered't, vun' G'ſchäfte un' allerhand, bis endlich der
Wagner ſächt: „No' un' was git's dann hier Neues,
lieber Grogmann, was mache' die Kuchler's?"

„„Kotz Blitz, ſächt der Grogmann, bal' hätt' ich's
vergeſſe', Ihne' die Neuigkeit zu ſage vun de' Kuchler's,
's intreſſirt Ihne gewiß, mer ſächt, 's Lenche ſei
Braut.""

„Was? Braut?" fahrt der Wagner uff un' guckt
de' Grogmann mit ganz verſtört'm Blick a'.

„Ja, ſo heeſt's", ſächt der ganz trucke'.

„„Un' mit wem dann?""

„Mer ſächt, 's is e' Klaviervirtuos, er hot 'n
g'ſchpaßige Name', ich glaab, Zeppler. Ich meen',
ich hätt' 'n emol in Mann'em im e' Concert g'hört."

„Zeppler?" ſächt der Wagner, „is mer ganz un=
bekannt, aber ſage' Se nor, wie kummt dann beß
Lenche zu dem Zeppler?"

„'S is e' alter Bekannter vun ihrm Onkl, un'
was ich hör', will der die Heurath habe', un' Sie
kenne' jo beß gute Lenche, was der Onkl will un' die
Tant, beß thut ſe halt."

„Un' beß hot ſich ſo g'ſchwind gemacht, nit möglich,
is er hier?"

„„Soviel ich weeſ', is er geſchtert a'kumme'. Ja
ſehen Se, die G'ſchicht is mer ganz begreiflich. 'S

Lenche is jetz' zwee=e=zwanzig Johr alt, deß schönschte
Alter for e' Mädche zum Heurathe'. Der alte Kuch=
ler hot über den Punkt oft g'sacht, die Mädcher sind
wie die Traube' un' die Hochzeit wie die Weinles'.
Wann mer die Traub' überzeitig werre' loßt, so git's
allerhand Sache', daß die Les' nimmer so luschtich
is. Un' so werb' er sich's aach beim Lenche gedenkt
habe'."

„Ach Gott, lieber Grogmann, Sie könne' sich nit
vorstelle, was mich deß allarmirt, ich hab' deß Lenche,
weeß' Gott, recht lieb. Ich meen alls, es kann nit
sey', is es dann werklich wohr?"

„„Ich weeß' nor, was mer sächt, aber apropos, die
Kuchler hot mer geschtert g'sagt, Sie solle heut' zum Kaffee
kumme', ich kumm' aach, do werre mer wohl erfahre,
was dann an der G'schicht is und wie sich deß gemacht
hot. Vielleicht is es nor so e' G'schwätz. 'S Lenche
werb' Ihne' Alles gern sage', dann Sie gelte' jo viel
bei ihr, deß wisse se. Also à revoir."" Un' so geht
der Grogmann fort, un' der arme Wagner hot die
Händ' gerunge'. —

Der Grogmann aber geht jetz' schnurgrab in's
Kuchler'sche Haus un' war 'm ganz recht, daß die
Tant' ausgange' un' 's Lenche allee drheem war.

„Gute' Morge'", Lenche, sächt er, wie er in die
Stub' kummt, wo 's Lenche wie gewöhnlich am Fensch=
ter g'fesse is un' am e' Geldbeutl g'häcklt hat.

„„Ei grüß' Ihne' Gott, Herr Grogmann, geht mer gut, wie geht's dann Ihne?"“

„Dank' lieb's Lenche, wie 's halt so eme alte' Kerl geht. Ich kumm grad um Wagner, er is glück= lich wieder zuruckkumme'.“

„„So is er wiedder hier, was macht er dann?"“

„Werscht dich verwunnere', Kind, wenn ich sag, was er macht, Projecte macht er, sei' Haus zu ver= kaafa un' sein Garte' un' noch Worms zu ziehe', dann denk nor, der schüchterne Wagner is — Bräutigam!“

„„Was?! ach lieber Grogmann mache' se ke' Späß'!"“ — und 's Lenche hot drbei ihr Arbeit falle' losse' un' is ganz blaß worre.

„Ja, stille Wasser sin' tief, sächt 's Sprüchwort, no' er hot recht.“

„„Ja um Gotteswille, wer soll dann die Braut sey?"“

„Wer sächt, 's is e' Sängerinn, e' gewissi Mamm= sell Drir," sächt der Grogmann un' hot Müh' g'hat, bei dem Name nit zu lache'.

„„E' Sängerinn? O du lieber Gott, ja uff Singe' hat er alls was g'halte'. Aber woher kennt er dann die Drir, ich hab mei' Lebtag den Name' nit g'hört?"“

„Wann ich mich nit err', hab' ich se emol g'sehe in Meenz beim Sängerfescht. 'S is e' hübsche Blon= din, ziemlich groß, un' soll e' recht e' brav Mädche sei.“

„„Beim Sängerfescht in Meenz, do war ich jo selber drbei; e' Soloparthie hat se' emol nit g'sunge',

8*

aber sie hot vielleicht gar nit mitg'sunge'. Daß aber
der Wagner nie e' Wort vun ihr g'sagt hot! Un' so
gschwind! — ""

„Ja, die Lieb' geht oft g'schwind un' die Heurath
langsam, un' umgekehrt kummt's aach vor, beß werscht
de aber heut' noch alles erfahre', lieb's Kind, dann er
kummt nach Tisch zum Kaffee."

Un' 'm Lenche sin' die Thräne' in die Aage kumme'
nn' sie hot um se zu verberge, kaam noch 'rausge=
bracht: „Ja richtig, ich muß in die Küch'", und is
aus 'm Zimmer geloffe, daß es 'm Grogmann an'
Aageblick schier leeb gewest und bang werre' is. Hat
sich aber g'schwind wiebber getröscht, dann er hot jo
alle Fäde in der Hand g'hat. Wie er die Trepp
nunner geht, begegnet 'm die alt' Kuchler. „Fraa'
Kuchler, sächt er, die Mine' sind gelade', vor'm Kaffee
werd 's losgeh', mache Se nor, daß die junge Leut
allee sin', ich kumm' schun e' bißche' früher un' schlupp'
glei in be' Alkov' un' versteck mich, daß ich beobachte'
kann, was vorgeht. Mache Se sich nir d'raus, wann
's Lenche e' bißche blaß is obber gar e' bißche geflennt
hot, thun Se, als wann Se's nit merke' thäte', 's
hot nir zu sage'". Die Kuchler hot 'n noch ausfroge'
wolle', er hot aber g'sacht: „Sie wer'n 's schun höre'",
un' is fort.

Un' richtig is Alles gange', wie 's projectirt war.
Der Grogmann is zeitig kumme', hot g'sacht, er woll'
noch 'n Brief schreibe' im Onkl sein'm Zimmer un'

is nun do in de' Alkove' g'schliche nebe' 'm Wohn=
zimmer, wo die Kaffeeparthie hot sey' solle'. Wie die
die Tant' un' 's Lenche noch de' Tisch gericht' un'
Obscht un' Süßes zurecht g'stellt habe', kummt der
Wagner, sichtlich a'gegriffe' un' verlege'. Die Tant
hot 'n flüchtig begrüßt, is aber unner 'me Vorwand,
noch was bsorge zu müsse', glei' wiebber 'naus un'
hot deß arme Lenche mit 'm allee' loße'. Wer hot
bere' wohl a'sehe' könne', daß was b'sunners vorgange'
is, un' der Wagner hot 's uff die Ueberraschung vun
ihrer Brautschaft g'schobe'.

„Hot 's Ihne' gut g'falle' in Worms, Herr Wag=
ner," fangt 's Lenche enblich mit eme Seufzer a'.

„„Ziemlich gut, Fräule Lenche, 's is nit üb'l, e'
Paar Täg do zu sey'.""

„Nor e' Paar Täg? sächt se bitter lächelnb, Sie
sin' doch drei Woche dort geweft, un' ich meen' in A'ge=
legeheite, die Ihne deß Worms lieb mache' müsse'."

„„Un' was wäre' deß for A'gelegeheite'?""

„Thun Se nit so, mer weef', Sie habe' dort e'
Braut g'funne', ich gratulire Ihne drzu, Herr Wagner."

Der Wagner hot gemeent, Sie woll' d'rmit e'
Späßche mache' un' deß hot 'n verletzt un' so sächt er:
„„Noch dem, was ich vun Ihne' erfahre', Fräule Lenche,
is mer nix übrig gebliebe', als mei' Glück wo anners
zu suche' un' ich hoff', ich hab 's gfunne"", setzt er e'
bische' bockbeenig drzu.

Verwunnert fragt 's Lenche: „Bun mir habe' Se was erfahre'? Un' was wär' dann beß?"

„„Ich kann Ihne' nor sage', sächt der Wagner gereizt, daß ich recht gut begreif', daß Se 'n Klavier= virtuose, wie der Herr Zeppler sey' soll, mir, eme unbedeutende Dilletante' vorziehe', daß Se aber beß= wege' Späß' über mich mache', hätt' ich Ihne' wahrhaft nit zugetraut""", un' bei denne letschte Wort hot 'm die Stimm' gezittert vor innerer Bewegung.

„Ja um Gotteswille', hot 's Lenche gerufe' un' hot ihr schöne Aage' groß uffgerisse', was soll dann beß sei', was rebbe Se dann, ich soll en Herr Zeppler heirathe', 'n Mann, vun dem ich mei Lebtag ke' Sylb' g'hört hab'?! Mei' lieber Herr Wagner, mir scheint, Sie treibe mit eme arme Mädche' Muthwille', un' beß is, weeß Gott, nit schö vun Ihne'." Un' do halt se ihr Schnupptuch for's G'sicht un' sin' ihr die Thräne 'runnergeloffe'.

Jetz' nemmt se der Wagner heftig bei der Hand un' ruft: „Ja Lenche, mei' liebes Lenche, was is beß, Sie sin nit Braut, Sie heirathe' den Zeppler nit?"

„„Ich weeß' gar nix""", flennt 's Lenche.

„'S is also nit wohr! o was ich glücklich bin, ach Lenche, hunbertmol schun hab' ich Ihne Herz un' Hand a'biete wolle', un' jetz hab' ich gemeent, 's is Alles verlore', weil Se en' Annere gewählt habe". Un' er küßt ihr zärtlich die Hand, aber sie zieht se 'm weg un' sächt: „„Ja Herr Wagner, ich hab' Ihne' geliebt, aber loße' Se mich, ich will Ihne' an der Mammsell Drix nit wortbrüchig mache!"“

Jetz' hot's der Grogmann nimmer aushalte' könne', un' wie der Wagner im höchschste Erstaune frogt: „Ja wer is dann die Drix?", so springt der Grog= mann vor un' ruft: „Ich weef, wer die Drix is, mei' lieber Wagner, un wer der Herr Zeppler is. Sehen Se, 's Lenche hot alls 'rumgebrixt un' hot's nit 'rausbringe könne, daß Se Ihne so gern hot, un' Sie habe' alls 'rumgezeppelt un' habe' 's dem Mädche aach nit sage könne', wie lieb se Ihne' is, jetz' wißt ihr die G'schicht un' verzeiht mer's Kinner, wann ich euch mit de' Name Drix un' Zeppler verschreckt hab'. Ich hab's gut gemeent, un' Gottlob 's hot aach gut reussirt."

Do is dem erstaunte Pärche' wiedder die Sunn' uffgange in be' G'sichter, un' wie se manchmol durch die letschte Rege'troppe noch eme Gewitter scheint, so hot se sich bei'm Lenche als e' freundliches Lächle durch die Thräne' gestohle', un' der Grogmann hot gelacht, un' der Wagner hot aach afange' lache'. Un' überdem hört mer die Tante mit 'm Kaffee kumme' un' nemmt der Grogmann die junge Leut' links un' rechts un' ruft ihr entgege': „Victoria, Fraa Kuchler, Hochzeit im Haus, Bräutigam un' Braut!" Glücklicherweis'

hot die Magd be' Kaffee getrage', die Alt' hätt 'n
gewiß falle' losse', un' 's Lenche is ihr an be' Hals
g'sprunge', un' All' ware' glückselig, wie Ihr's euch
wohl denke' könnt. — Es is oft so bei Verliebte,
un' manchi Mamma, die beß lest, denkt sich vielleicht:
„Wann ich mer nor aach en' Freund Grogmann
wüßt." —

Die Kosake'.

1.

Um's Johr 1814 hot zwische' Kaiserslautre' un' Johanniskreuz e' ärarialisches Forschthaus gstanne' un' hot bo e' alter Förschter, Namens Rickes, gewohnt. Der Rickes hot e' Töchterche g'hat, beß aach e' Bu' hätt' sey' könne', dann 's war ihr nir lieber als mit 'm Vater uff die Jagd zu geh', uff die Scheib zu schiesse' un' so Sache' zu treibe', wo die mehrschte Mädcher gar nir brvun wisse'. Sie hot Nannche' gheese' un' weil se hübsch war, so habe' Jäger un' Jagdliebhaber gern bei dem Förschter zugsproche' un' sin' mit Vergnüge' kumme' wann e' Jagd geweßt is. Unner benne Gäscht' is aach e' junger Mensch vun Kaiserslautre, e' gewisser Bloch, geweßt, der Sohn rum e' reiche' Wollhändler, un' der hot dem Nannche' gewaltig be' Hof gemacht. Deß Mädche' hot 'n aber nit leide' könne', weil er e' recht ei'gebildeter Jung war un' nebe'her e' naseweiser Schwätzer, 'm Alte' brgege' is mitunner der Gedanke' kumme, sei' Nannche könn' bo emol e' guti Parthie mache' un' hot 'n alls uff die Jagd geh' losse'. Jetz' war aach e' Jagdghilf' bei dem Rickes, der hot Hannabam gheese' un' dem is der Bloch noch zuwidderer geweßt als 'm Nannche,

dann er war felber in deß Mädche' verliebt un' hot
fich gedenkt, daß 'm e' Heurat mit ihr aach 'n gute
Pofchte' ei'trage' könnt', dann e' Bruber vum Rickes
is bei der Regierung geweft un' hätt' fchun was mache'
könne'. Der Hannabam war e' burchtriebener böfer
Kerl, aber e' fefchter Jäger un' im Dienfcht wohl zu
brauche' gege' Holzbieb un' Braconniers, die jufcht
nit felte' ware'. Weil er ftark war wie e' Bär, fo
hot nit leicht enner mit 'm a'gebunne' un' den vier=
fchröttige' Hannabam hot mer überall g'fercht.

„Wann ich nor dem verfluchte' Bloch die Vifite'
vertreibe' könnt", hot er oft gedenkt un' hot fich noch
bfunners b'rüber geärgert, daß er 'n uff bie Berfch
hot führe' müffe', die freilich oft genug fo ei'gericht't
worre' is, daß der Jung ke' Hoor un' ke' Febber zu
fehe' 'friecht hot. Wie dann der wiebber emol gege'
Abe'd brherkumme' is, 'n Berfchgang zu mache un' 's
Nannche' um 'n Kaffee gebitt' un' fich recht nieblich
bei ihr gemacht hot, fo fächt der Hannabam zu 'm:
„Ich glaab alls, 's werb am befchte' fey' wann Se's
heut mit emme Rehbock uff 'm Anftand probire',
mit der Berfch kummt nir 'raus, wann zwee minan=
ner gehn, 's is jetz' gar zu trucke' un' kracht jebes
Aefchtche' uff 'm Bobbm, baß mer fich nit genug in
Acht nehme' kann. Ich weef' aber 'n Platz, 's is
ke' halbi Stunb' vun bo, wo ich fchun öfter 'n gute
Sechferbock hab' 'rausziehe' fehe'. Ich meen' wann
Se fich bo hi'pofchtire', werre' Se fchieße'."

„„Is mer ganz recht, sächt der Bloch, beß 'rum=
laafe' macht emm' ohnehin erschrecklich müd, Er muß
mich aber, wanns finschter werd, wiebber abhole', dann
in der Nacht thät ich am End nimmer aus dem Wald
'rausfinne' un' ich muß heut' noch heemfahre'.““

„Deß werr ich thu', sächt der Hannabam, obwohl
der Weg uff die Stroß leicht zu finne' is, dann 's
geht e' Schneiß kerze'grad bun dem Platz uff die Stroß
raus un' uff's Haus her." Un somit is er aus 'm
Zimmer um sich zamme'zurichte' un' 's Nannche hot
be' Kaffee gebracht.

„Was wolle' Se heut wiebber mache', sächt se, alls
uff den Rehbock, den Se nie krieche' oder gar uff en'
Hersch?"

„„Was mer vorkummt, Nannche.““

„Un' wann Ihne' jetz' e' Wolf käm' oder e' Wilb=
bieb begegne thät', so 'was kummt aach vor?"

„„Ach was Wolf un' Wilbbieb, bo fercht ich mich
eher, wann mer 's Nannche e' bös' Gsicht macht . wie
neulich, un' was hab ich dann verlangt, e' Küßche,
beß is was rechts.““

„Juschtement, daß Se sehe', daß beß was rechts
is, hab' ich Ihne' e' Gsicht gemacht, wann ich emol
küsse' will, küss' ich mein' Schatz, werd schun enner
kumme' der mer g'fallt."

„„Also ich g'fall' Ihne' gar nit, aach wenn ich
unnerthänigst frog': Golbiches Nannche' wolle' Se
mich nit heurate'?““

„„Nee', lieber en' Kosak!"" lacht 's Nannche' un' springt aus 'm Zimmer.

Mer hot sellemol überall viel vun de' Kosake' gerebt, die schun am Rhei' gstanne' sin', un hot nit genug verzähle' könne', was beß for abscheuliche Kerl wäre'. —

„Heut hot se wiebber ihr Raupe'," sächt der Bloch for sich un' juscht wann se so bös' un' obschtinat is, juscht so is se am schönschte." Wie der Kaffee getrunke' war, is er bann mit 'm Hannabam ausgezoge', anzusehe' wie nochemol e' Mobell vum e' Sunntagsjäger, dann er hot alle mögliche Febbre' uff sein'm Hut stecke' g'hat, 'n ganze Stoß vum e' Birkhahn, 'n Flügl vum e' Nußheher brnebe' un' Febbre vun Schneppe un' Ente' un' obe'brei' 'n Kopp vun ere Nachteul mit ei'gsetzte geelrothe' Glasauge'. Der korze grüne Rock war aach stutzerisch mit bloe' Stahlknöpf, wo Wölf' un' Bäre'köpp druff ware' un' ganz verschnürt war er mit Rieme' vum Pulverhorn, Schrottbeutl, Couteau de chasse un' noch eme extrae' Patrontäschche for Kugle'. Er hot e' prächtigi nachlneui Doppelflint getrage', wo heut jeder Lauf mit zwee Kuchle' gelabe' war. Der Hannabam hot unbebeutend brnebe' ausgsehe' mit ere graue Jack' un' ere grüne Kapp uff 'm Kopp, en' gewöhnliche Jagbranze an der Seit' un' e' ee'fachi Kuglbüchs' uff der Schulter.

Wie se vun er Stroß' weg sin', ke' fufzig Schritt vum Haus, is die Schneiz (Durchhau) 'nei gange'

in be' Walb, vun der der Hannabam g'sagt hot. Do
sin' se jetz' 'nei. Es war e' prächticher Walb mit
Buche', Eiche', Ahorn un' Kiffre' un' alls kleene
Aesungsplätz' bezwische', wie's e' Jäger gern hot. Wie
se e' Weil gange' sin', bleibt der Hannabam bei drei
großi Buche' steh' un' sächt zum Bloch: „Jetz' stelle'
Se sich bo her obber wann Se wolle'', setze' Se sich
uff den Stock bei denne' Buche' un' halte' Se sich
recht ruhig. Der Bock, ben ich meen', zieht grab gege'=
über uff selli Lichtung 'raus, wo nor e' paar Hasl=
büsch stehe." Un' zeigt 'm ben Fleck un' der Bloch
setzt sich uff den Stock. Wie der Jäger Waidmanns
Heil wünscht un' weiter geh' will, sächt der Bloch
noch, er soll nit vergesse', baß er 'n abholt wann's
finschter werd. Versteht sich, sächt der Hannabam un'
geht; mei' Bloch aber hot sich e' Cigarr a'gezünd't
un' hockt halt bo, sei' Flint for sich queer uff be'
Knie', in Erwartung was kumme' werd. Er hot drbei
an allerhand gebenkt un' um bie Zeit zu vertreibe',
bie Glässer an sein'm Perspektiv geputzt, sei' schöne'
Knöpp betracht, sei' neui Flint' un' so fort. Bei
benne' Knöpp is 'm ei'gfalle', was 's Nannche' vum
e' Wolf g'sagt hot un' vum Wildbieb' un' 's is 'm
drbei e' bische' unheemlich worre'. „Dummes Zeug,
sächt er, so allee' bo herhocke', hätt' ich nor mit dem
brummige' Hannabam geberscht, unnerhaltlicher wär's
boch geweft." Un' 's is schun a'fange' bunkl worre',
bo raschlt 'was hinner 'm un' wie er sich umguckt,

so steht do e' Mann mit eme g'schwärzte Gsicht, e'
dunkl bloi Blous' a', 'n schwarze Hut uff'm Kopp un' 'n
Prüchl in der Hand. „Was is'?! schöne' gute' Obe'd,"
sächt der verschrockene Bloch mit zitternder Stimm, aber
der Kerl hebt sein' Brüchl uff un' mormlt ganz grim=
mig: „hab' ich dich emol." In dem Aageblick fahrt'
mei' Bloch dun sein'm Sitz uff wie's Dunnerwetter,
loßt vor Schrecke' die Flint' falle' un' springt in die
nächschte Büsch' un' 'naus uff die Schneiz un' rennt
als wann der Deubl hi'ner'm wär' alls fort bis an
die Stroß. Bei dem Wegspringe' hot er noch sein'
Hut verlore' un' is, was mer sächt, im e' recht pito=
jable Zustand gewest. „Der Deubl soll den A'stand
hole'," sächt er, wie er ganz erschöpft uff's Förschter=
haus hi'geht un' componirt sich natürlich g'schwind
e' G'schicht um sei' Avantür' gehörig zu verzähle'.

Was hot der Förschter geguckt un' 's Nannche',
wie er so drherkumme' is, ganz blaß un' verschwitzt
un' verkratzt! „Ja was is dann deß Herr Bloch,
ruft der Rickes erstaunt, wie sehen Se dann aus, is
Ihne' 'was passirt?"

„„Deß wollt' ich meene', sächt der Bloch un' werft
sich im Alte' sein' Lehnstuhl, so 'was habe' Se noch
nit erlebt, mei lieber Rickes, um e' Hoor, so läg' ich
jetz' todt gewercht bei de' drei Buche' an der lange
Schneiz."

„Ja um Gotteswille', was is dann g'schehe', hot
Ihne' e' Räuber attaquirt?"

„„Ja wohl e' Räuber un' e' Mörder un' e' Bra=
connier, alles in eener Perſon, — loße' Se mich nor
emol trinke', brnocher verzähl' ich's Ihne'."„

Un' do ſchenkt 'm 's Nannche Wein ei' un' wie
er 'n tüchtige Zug getha', fangt er keck a':

„Sehen Se, die Gſchicht war ſo, ich bin bei benne'
brei Buche' uff eme Stock g'ſeße' un' hab' uff en'
Rehbock gepaßt, wie mer's der Hannabam g'ſagt hot.
Der is nocher fort un' ich hock' uff bem Stock. Jeß'
wie's ſchun ziemlich bunkl worre' is, hör' ich 'was
hinner mer un' wie ich mich umbreh', ſteht e' rieſe'=
mäßiger Kerl vor mer mit eme g'ſchwärzte' G'ſicht
un' reckt mer zwee Läuf' her. Was thun Se jeß'?
— Gebe' Se Acht, was ich getha' hab'! mit eem'
Saß ſchlag' ich 'm ſei' Flint uff bie Seit', fahr' 'm
an bie Gorgel un' renn' 'n an 'n Baam, baß es nor
ſo gekracht hot. Jeß' gebt mer ber Kerl mit ber
Fauſcht 'n Stoß uff bie Bruſcht, baß mer ber Obem
vergange' is, ich loß aber nit los un' will 'n über
mein Fuß werfe', wie ich aber ben Fuß feſcht webber
be' Bobbm ſtemme' will, kumm ich in e' Loch zwiſche'
zwee Worzle; natürlich fang' ich a' zu torchle' un' wie
er mich noch emol wegſtoßt, muß ich losloſſe' un'
ſchlag' rücklings hi', baß mer höre' un' ſehe' vergange'
is. Natürlich hab' ich nix anners gemeent, als baß
jeß' mei' letſchter Aageblick wär', aber ich muß bem
Kerl boch imponirt habe', bann er hot nor g'ſchwind
noch meiner Flint gelangt un' is in's Dickicht g'ſprunge'.

Was hab' ich do noch mache' wolle', sollt' ich 'm noch=
springe', daß er mer jetz' vier Läuf' herreckt wie vor=
her zwee? Nee, lieber Rickes, so dumm sin' mer
nit, dann wann's Lebe' hi' is kann mer's nit nochemol
kaafe', versteh'n Se mich, aber e' Doppelflint kann
mer wiebber kaafe', hab' ich nit recht? Un' so hab'
ich gemacht daß ich weiter kumme' bin, wahrhaftig
alle Gliebber thun mer noch weh."

„„Deß is jo doch erschrecklich, sächt der Förschter,
do derfe' Se noch vum Glück sage', daß es so 'gange'
is. Deß is richtig, Spitzbube' sin' do, ich hab' erscht
geschtert wiebber zwee verdächtige Schuss' g'hört.““

„Ja wisse' Se, fahrt der Bloch lebhaft fort, was
was mich am mehrschte ärgert, deß is daß der Kerl
nit e' Vertlstunb' später kumme' is, dann do wär' der
Hannabam sicher aach kumme' un' mir hätte 'n g'fange'
so gewiß als ich Bloch heeß'."

Ueberbem geht die Thür uff un' kummt der Hann=
abam 'rei' un' hot bem Bloch sein' Hut in der Hanb.
Jetz' is bann glei' g'frogt worre, ob er nir g'sehe'
hätt' un' die Gschicht nochemol verzählt worre', eh' er
noch e' Wort hot sage' könne'. Wie bann beß enb=
lich fertig war, sächt der Hannabam: „die Gränk
nochemol, 's is mer so e' Lump begegnt mit eme
schwarze' Hut uff 'm Kopp un' e' Blouf' a'."

„„Ganz richtig, sächt der Bloch, der war's schun.““

„Un' der Kerl hot e' Doppelflint' getrage', ich
kenn' 'n, 's is e' Kohle'brenner, ben ich schun emol

beim Schlinge'lege' ertappt hab'. Er hot mich nit gsehe'; wie er jetz' an dem Baam wo ich gstanne' bin vorbei is, so schrei' ich: „halt'! obber ich schieß'" un' do hot er die Flint' weggschmisse' un' mit e' paar Sprüng' war er weg. 'Muß doch sehe', was deß for e' Flint' is, sächt er, ich hab' se im Gang brauß uff= ghängt." Un' so geht er 'naus un' bringt die Flint'. „Weeß' Gott mei' Flint, ruft der Bloch, ei deß is jo prächtig! un' was so e' Kerl im Schrecke' dumm is, dann hätt' er be' Kopp nit verlore', so hätt' er doch eher sein' alte' Scherbe' weggschmisse als so e' Flint wie die!"

„„Ja wie so, Herr Bloch, sächt der Hannabam, er hot jo nor ee' Flint' g'hat?""

„Was?! Nor ee' Flint? un' reckt mer zwee Läuf entgege' wie ich noch uff 'm Stock g'seße bin?"

„„Deß kann doch nit wohl sey' Herr Bloch, do müsse' Se sich verguckt habe' un' der Mensch hot über= haupt ke' Courage, Jemand a'zupacke', ich versteh' die Gschicht' nit.""

Jetz' hot 's Nannche gelacht un' sächt: „Ei Herr Bloch, am End habe' Se die ganz' Gschicht' nor so getraamt, sin' e' bische' ei'gebußt un' der arme Kohle'= brenner hot die Gelege'heit benutzt, Ihne' die Flint zu nemme'."

Un' do hot der alte Förschter aach e' bische' ge= lacht un' der Bloch is ganz roth worre'.

9 *

„Schlechte Witz', hot er g'sagt, aber ebe' fallt mer
ei', bei dem Raase' hot er sei' Flint so falle losse'
müsse' un' hot in der Gschwindigkeit die meinig' er-
wischt wie er fort is."

„„Nee, Herr Bloch, sächt der bockbeenige Hannabam,
dann so gut ich uff dem Platz Ihr'n Hut g'sehe' hab',
hätt' ich aach die Flint' gsehe', wann eeni do gelege'
wär', dann 's war noch gar nit so finschter."

Un' 's Nannche hot wiebber gelacht un' hot 'm e'
bißche boshaft zugebischpert: „Lieber 'n Kosak" un'
is der Bloch bitterbös worre'. „Flint' hi' Flint' her,
hot er gsagt, die Gschicht' war emol wie ich se ver-
zählt hab'" un' zieht sein' Geldbeutl 'raus un' gebt
dem Hannabam zwee Krone'thaler zum Andenke' an
die Avantür', spannt sei' Wäglche ei' un' is abg'fahre
ohne weiter e' Wort zu sage'.

2.

De annere Morge', wie 's Nannche im Hof die
Hühner g'füttert hot un' die Ente', un' ihr'n schöne'
Po (Pfau), kummt der Hannabam aus 'm Oekono-
miehaus, wo er sei' Stub g'hat hot un' sächt: „Gute'
Morge' Nannche', habe' Se gut gschlofe' uff die Gschicht
vum Herr Bloch?"

„„Gute' Morge' Hannabam, freilich, ich hab' noch
recht lache' müsse, er hot uns gewiß was brherphan-
tasirt, ich glaab's nit anners.""

„Ei versteht sich, dann sehen Se, Nannche', die G'schicht' kenn' ich am allerbeschte, ich war jo selber der Kohle'brenner, hab' in mein'm Ranze e' Blous' un' 'n alte Hut mitgenumme' un' e' paar Kohle' un' wie ich vum Bloch weg bin, hab' ich mer 's Gsicht g'schwärzt un' wie's dunkl worre' is, hab' ich mich wiedder hi'gschliche. Daß er aber mei' Büchs' nit kennt, hab' ich die weggelegt un' 'n Prüchl in die Hand genumme'. Sie hätte' nor sehe' solle' wie der Held beim erschte Blick uff mich g'sprunge' un' dorchgebrennt is, ich hab' mich schier todt gelacht.“

„„Er is aber doch e' rechter Spitzbu,““ sächt 's Nannche un' habe' se alle zwee gelacht.

„'M Vater müsse' Se nir sage', sächt der Hann= abam, der werd sich sein' Theel schun selber benke', aber meene' Se, ich hätt' die Gschicht' nor zum Spaß arran= girt? Nee, ich hab's Ihne' zu Gfalle' getha', Nannche, un' ich denk' der Herr Bloch werd Ihne' so bal' nit wiedder annuire' mit sein'm Gebabl.“

„„Wahrhaftig, sächt 's Nannche', ich bin recht froh wann er nimmer kummt.““

„Un' krieg' ich nir for mei' Kunschstückche, e' Küßche, meen' ich, he Nannche, hätt' ich doch verdient?“

„„So zahl' ich ke' Schulde', Hannabam, aber e' paar Schoppe' Wei' soll Er habe' for den Ei'fall.““

Do sächt der Hannabam: „Höre' Se, Nannche, ich hab' 'n vermögliche' Onkl, er is schun lang krank un' peift jetz' uff 'm letschte Loch, ich muß 'n erbe'

un' kriech' e' niebliches Anwese' un' bo brauch' ich e'
Hausfraa, un' bie müsse' Sie werre'."

„„Ich mag aber nit, Hannabam, loß Er mich in
Ruh"" sächt 's Mädche' un' geht in's Haus.

„Helft boch nir!" hot ihr ber freche Hannabam
mit Lache' nochgerufe'.

O mei' Gott, beß gute Nannche hot schun lang e'
stilli Liebschaft g'hat, aach mit eme Jäger, ber vor 'm
Hannabam Ghilf bei ihrm Vater war, aber ber hot
Solbat werre müsse' un' is in ber mörbrische Schlacht
bei Hanau am Arm blessirt worre. Er hot ihr bun
bort emol gschriebe' un' baß er hoff' sein' Abschieb zu
kriече' un' wiebber zu kumme', aber er is halt nit
kumme' un' bo hot se sich oft bekümmert brüber. Es
war ihr beßwege' aach nit so zuwibber wie ihr'm Vater,
baß es g'heese' hot, ber Krieg käm' alls näher, bann
sie hot sich gebenkt, um so gewisser kummt aach ihr'
lieber Louis, so hot er g'heese', wiebber heem.

Der Hannabam is alls zubringlicher worre', aber
ber Bloch is richtig nimmer kumme' un' sie hot gar
nimmer an 'n gebenkt, bo kriecht se uffemol 'n Brief
bun 'm un' schreibt ber boshafte Borsch, er hätt' g'hört,
baß in e' paar Täg' e' Regiment Kosake' noch Kaisers=
lautre käm' un bo hätt' er ben Ei'quartirungsofficier
gebitt', er soll boch aach etliche Stück zu Rickes schicke',
bamit sie, 's Nannche, sich een' 'raussuche' könnt' zum
Gemahl, weil ihr boch e' Kosak lieber wär' als ber
gehorsamschte Bloch, so hot er ben Brief gschlosse'. Do

is beß Nannche glei' zum Vater geloffe' un' hot 'm
beß verzählt un' is der ganz wüthig worre.

„So schlag' doch e' Dunnerwetter drei', sächt er,
wann uns der Borsch beß G'sindl uff de' Hals schickt,
der soll mer nochemol kumme', so weis ich 'm mit der
Hundspeitsch die Thür'." Un' der Mann hot recht
g'hat, dann wann's aach nit g'schehe' wär', so war's
doch recht boshaft, die Leut so zu verschrecke', aber am
e' schöne' Nachmittag, 's war im März, sin' richtig
sechs Kosake' mit eme Gendarm' brhergeritte' kumme',
um Gotteswille! un' was for Kerll Bärt' habe' se
g'hat bis uff be' Sattlknopp un' Gsichter wie die
Wildkatze, wie viereckig, un' habe unner ihre flache
runde Pelzkappe recht heemtükisch un' gräulich 'raus-
geguckt. Sie habe' weite blaue Hose' a'ghat un'
Collets mit ere Meng' Knöpp un' Pischtole' un' Messer
im Lebbergurt, brzu noch krumme Säbl un' lange
Spieß'. Es is emm' ganz unheemlich worre', wann
mer se wie Kobold uff ihre kleene' Perdcher hot hocke'
sehe'. Sie sin' glei' in be' Hof 'neigeritte' un' habe'
bo ihre Perb die mitgebrachte Futtersäck a'ghängt,
dann Haber habe' se selber bei sich g'hat. Der Gens-
barm' hot 'm Rickes g'sagt, er müß' ihne' zu esse'
gebe' un' Wei' un' jebm e' paar Gläsfer Schnaps, sie
thäte' be' annere Morge' ganz früh wiebber be' nähm-
liche' Weg zurückreite', beß wüßte se schun. Hot nocher
mit 'm Rickes e' Scheuer a'gsehe', wo se habe' schlofe'
könne' un' hot die alt' Berbl, bie eenzig' Magd im

Haus, Stroh 'neischleppe' un' die Liegerstatt herrichte'
müsse'. Der Gensdarm' is aber glei' wiedder fort,
weil er noch e' Ordre noch Neustadt hot bringe' müsse'.
Jetz' habe' die Kosake die Scheuer a'geguckt un' beß
kleene Oekonomiegebäud', wo e' Kuh im Stall war.
Die hot eener vun denne Kerl glei' losgemacht un'
hot se durch's Thor am Hof mit seiner korze Reit=
peitsch in de' Wald getriebe' un' hot sei' Perd in de'
Stall g'führt. Die Berbl hots mit Schrecke' g'sehe',
hot sich aber nir zu sage' getraut. Dernocher sin' se
all' in's Haus un' in die groß' Stub, wo der Rickes
Brod un' Wei' un' kalte' Rehbrate' am e' runde Tisch
uffgsetzt hot. Un' bo habe' se a'gfange zu esse' un'
zu trinke' ganz luschtich.

Die Wei'flasche' war aber g'schwind ausgetrunke'
un' e' zweeti un' britti Lieferung aach un' hot der
Rickes jetz' jebm e' Gläsche Schnaps ei'gschenkt. Do
habe' e' paar die Gläscher uff een' Schluck ausgetrunke'
un' habe' se an de Wand g'schmisse' un' uff die
Schoppe'gläser gedeut', baß mer ihne' bo Schnaps
ei'schenke' soll. Natürlich hot's der Rickes getha' un'
is 'naus, noch mehr Schnaps zu hole', un' hot 'm
Nannche in der Küch' geklagt, 's wär' entsetzlich wie
die Kosake' saufe thäte' un' er wär' bang, was g'schehe'
könnt' wann se Räusch kriege'. „Wann nor der Hann=
adam bo wär', sächt er, baß wenigschtens all's eener
bei 'n wär', dann du barffscht dich nit sehe' losse',
Nannche', die Kalmuke' bo sin' e' freches Volk, beß

hab' ich schun gemerkt. Schick mer de' Hannadam nor
glei' wann er heemkummt, 's e' Kreuz, daß ich 'n jufcht
heut in de' Wald gschickt hab'." 'S Nannche hot
gsagt, sie woll recht Acht gebe', wann er kummt un'
woll's 'm sage'. Ueberdem habe' die Kosake' in der
Stub' wiebber zu lärme' a'g'fange' un' die leer'
Schnapsflasch durch die Thür 'nausgschmisse', daß die
Scherbe' 'rumgfloge' sin' un' zwee sin' 'rauskumme'
un' habe' dem Förschter alls Zeiche' gemacht, daß se
noch saufe' wolle'. Der Rickes hot mit 'm Kopp ge-
nickt un' hot gsagt „ja, ja, ich bring' schun," aber sie
sin' 'm nit vun der Seit' un' sin' mit 'm in de'
Keller nunner zu sein'm gröschte Aerger. Do sin' im e'
Eck sechs Flasche' vum beschte' Mannheimerwasser gstanne,
die dem Rickes emol e' guter Freund gschickt hot for
e' Present un' wo sich der nor sei' Jagdfläschche' mit
g'füllt hot, wann e' recht wischtes naßkaltes Wetter
war, um sich e' bische' abstoßend zu mache'. Die
Kosake' habe' vielleicht ihr Lebtag ke' so viereckige
Flasche' nit g'sehe', aber doch habe' se glei' gemerkt,
daß deß die rechte' wäre' un' habe' se alle sechs mit
'nuffgenumme', der Rickes hot Geschte' mache könne'
wie er gewollt hot. Wie er wiebber 'ruffkumme' is
in de' Gang, so hört er in der Stub' e' gewaltiges
Schlage' un' Krache' un' wie er 'neiguckt habe' se
sein' schönschte Kaschte' zammegschlage' un' triumphirnd
a' halb Duzend silberne Löffel, die se drinn gfunne'
un' e' silberni Dus' uff de' Tisch hi'geworfe' un' eener

hot Werfl aus 'm Sack 'raus un' so habe' se a'fange'
um die Sache' zu spiele' un' habe' sich aach glei' über
beß Mannheimerwasser hergemacht, der Rickes hot die
Händ' übr'm Kopp zamme'gschlage'.

Während beß g'schehe' is, hot 's Nannche 'm Vater
sein' Hühnerhund, be' Hektor, dorch be' Hof 'reispringe'
sehe' un' is glei' 'naus, dann der Hannabam hot ben
Hund bei sich g'hat. Der Hund is freundlich am
Nannche' 'nuffgsprunge' un' der Hannabam aach brher=
kumme'. „Um Gotteswille', Hannabam, sächt 's Mäd=
che', Kosake' sin' bo, 's geht serchterlich zu im Haus,
der Vater weeß' nimmer, was er a'fange' soll." Un'
hot 'm halt die Gewaltthätigkeit bun benne' Kosake'
verzählt un' ihr Angscht un' was dann zu thu' wär'.
Der Hannabam is mit ihr in sei' Stub un' sächt:
„beß is e' verfluchti Gschicht', bo is guter Noth theuer,
dann mit Gewalt is nir zu mache', 's sin' ihrer zu
viel, aber probire' will ich boch was. Hole' Se mer,
aber baß es kenner sicht, be' Uniformshut un' be'
Mantl bum Förschter un' sei' spanisches Rohr, ver=
stehen Se, aber gebe' Se Acht baß kenner brzu kummt."
'S Nannche' hot nit lang gfrocht for was un' is in
die Schlafkammer bum Vater, bie im obere Stock war
un' bo ware' die Sache', bie se bann eiligscht bem
Hannabam gebracht hot. Der hot berweil in alte'
Papiere 'rumgekramt un' en' große Boge' mit ge=
druckte Forscht= un' Jagd=Verordnunge' 'rausgholt un'
ben vierectig zammagelegt. Wie 's Nannche' kumme'

is, hot er be' Mantl a'gezoge' un' ben Hut ufgsetzt, ben Boge' Papier ei'gsteckt un' beß spanische Rohr unner be' Arm genumme'.

„So, sächt er, jetzt Nannche, rufe' Se keck Ihrn Vater aus der Stub' un' sage' Se 'm, wann ich kumm, soll er mich an der Thür mit tiefe Compli= mente' empfange', wisse' Se, als wann ich e' recht vornehmer Beamter wär' un' er soll sich nit aus der Contenance bringe' losse' über beß, was ich thu' werr'." Is also 's Nannche 'nei' un' hots so gemacht un' mei' Hannabam marschirt ganz gravitätisch zu be' Rosake 'nei'. Der Förschter hot ee' Kompliment um's annere gemacht un' bie Rosake' habe' g'stutzt un' sin still worre', wie er, ben große' Hut uff'm Kopp, an be' Tisch hi'gange' is wo se 'rumgsetze' sin'. Do zieht er jetz' sein' Boge' Papier 'raus, falt' 'n breet ausenanner un' lest mit lauter Stimm Artikl for Artikl, bum A'lege' bun Holzschläg, bun Streuabgab, bun der Läng' bum Klafterholz un' so fort, un' alls berzwische bringt er beß Wort „Alexander", un' bo hot er sich e' bische verneigt, un' lest mit unner= mischte' „Alexander" be' ganze' Boge' runner. Die Nuße' sin' bogsesse' wie versteenert. Wie er mit Lese' fertig war, legt er ben Boge' wiebber zamme, steckt 'n ei' un' nemmt jetz' beß spanische Rohr un' haut bem nächschte über be' Buckl, daß es nor so gepatscht hot un' so der Reih' noch 'rum als wann er Säck' aus= zekloppe' hätt'. Der Förschter hot Aage' un' Maul uffgerisse' über den Kerl, aber die Kosafe' habe' die Köpp gebuckt un' habe' nit gemurt. Druff nemmt der Hannabam die Löffl un' die Duff' un' was noch an volle' Flasche bo war un' gebt fe dem Förschter un' winkt 'm, baß er fe 'naustrage' foll. Zum Schluß hot er nochemol fein' Stock in die Höh' g'hobe' un' gerufe': „Wann euch Lumpe'gsindl nor der Deubl hole' thät — Alexander!" un' hot sich umgebreht un' is feierlich wiebber 'naus.

Der Förschter hot 'm ganz still brauß' gebankt un' ebe'so 's Nannche', beß voll Schrecke' uff den Aus= gang bun bere G'schicht' gewart' hot. Die Kosate habe' aber bumpf in die Bärt' gebrummlt un' ge= mormlt, habe' ruhig die Gläffer ausgetrunke' un' fin' in die Scheuer, wo fe am offene Thor ihr Perb a'ge= bunne' habe'. Wie's überall ruhig worre is, is der Hannabam in's Haus un' er un' der Förschter un' 's Nannche un' die Berbl habe' jetz' enanner ganz bisch= perich all' ihr Aengschte verzählt un' die Corage bun dem Hannabam bewunnert. Der hot g'sagt, es wär' 'm beß Ding so ei'gfalle', weil 'm e' alter Kamrab, der erscht bun Münschter zuruckkumme' wär', verzählt hätt', baß er bort gar viel fo Kosate g'sehe' un' baß er oft ghört hätt' wie fe Schläg' krieche', wo alls eener 'was vorlese' un' Alexander fage' thät. „Aber die Gränk Hannabam, bischpert der Förschter, baß fe nit gemerkt habe', baß beß nit rufsisch war, was Er ge= lefe' hot." „„Ei was wisse' die Kerl, fächt der Hann=

abam, deß is grab als wann ich mit 'm Hektor
französch redb, der kennt's aach nit; be' Alexander un'
be' Stock habe' se verstanne' un 's anner war Nebe=
sach." Do habe' se in die Schnupptücher gelacht un'
der Förschter hot 'm Hannabam vun dem glücklich
gerette' Mannheimerwasser ei'gschenkt un' hot 'm die
silbern Dus' gebe' als e' wohlverdienti Belohnung for
sei' Bravour. Wie se schlofe' gange' sin' hot natür=
lich jedes sei Thür wohl verriegelt un' verrammelt, am
nächschte Morge' sin' aber die Kosake, wie's der Gens=
darm g'sagt hot, ganz früh un' ohne alle' Spetakl
wiebber fortgeritte'.

3.

Seit bere Kosake'gschicht hot der Hannabam dem
Nannche noch mehr zug'setzt mit seine' Liebeserklärunge,
hot sich öfter groß gemacht, er hätt' ihne' all' 's Lebe
gerett' un' hot sich fescht vorgenumme', sowie der kranke
Onkl glücklich abg'fahre' wär', woll er ohne weiters
beim Rickes um 's Nannche a'halte'. Aber der zähe
Onkl is nit abgfahre', im Gegetheil er hot sich wiebber
ganz erholt un' zu dem Malheur is for be' Hannabam
noch e' anners kumme', an beß er gar nit gedenkt hot,
dann am e' schöne' Morge' is der gewisse Louis, der
frühere Jagdg'hilf am Haus a'gfahre' un' hot 'n Brief
vum Maire gebracht, er soll beim Förschter wiebber
Ghilf sey' wie vorher, dann 's wär' zur Anzeig kumme',
daß die Braconniers in der Gegend stark überhand

nemme' thäte' un' so aach anner's Diebs= un' Räuber=
volk un' so woll' mer 'n dem Förschter noch als enn'
zweete Ghilf beigebe'. Dem Rickes war's ganz recht
un' 's Nannche' war natürlich glückselig.

Der Louis hot, wie er vun Hanau weg is, noch
mit seiner Blessur zu thu' g'hat un' beßwege' sein'
Abschied kriecht, is aber bal' ganz frisch un' gsund
worre' un' hot sich wiebber uff sein' alte' Poschte' ge=
melb't un' hot 'n aach kriecht. Der Bloch hot aach
drzu beitrage', die Gegend erschrecklich unsicher zu
schilbre' un' vun be' Allirte', die sellemol uff Paris
los sin', habe' sich die Marobeurs un' allerhand ver=
loffenes Volk weit 'rum zerstreut un' ihr Unwese'
getriebe'.

'S war aber nit wege' 'm Nannche' allee, baß der
Hannabam ben neue' Kamerab nit gern g'sehe' hot.
Der Hannabam war nähmlich selber heemlich e' Bracon=
nier un' gar mancher Rehbock un' mancher Has' is
wo anners hikumme' als in's Forschthaus, bann der
Hannabam hot alls viel mehr gebraucht als ber Dienscht
getrage', weil er e' gar borschtiger Mensch geweft is un'
's Waffer nie hot leide' könne'. Do war bann e'
libberlicher Holzknecht un' e' Lump vum e' Werth,
die 'm g'holfe' habe' un' beim Schieße' is er nit leicht
verrothe' worre', beß hot er schun zu mache' gewißt.
Wie aber jetz' ber Louis aach in be' Walb 'gange' is,
war's nimmer so leicht borchzekumme'. Do hot er sich
bal' be' Plan gemacht, ben Louis zu verbächtige' als

wann b e r Wild stehle' thät, un' e' günschtiger Um=
stand for 'n war, daß der Louis, weil er mit 'm ge=
naue schieße' außer Uebung war, etliche Rehböck', die
mer sellemol aach im Frühjohr gschosse' hot, a'geblenklt
un' nit 'triecht hot. Wie er beß emol wiedder 'm
Förschter geklagt hot, sächt der Hannabam heemlich zu
dem: „Herr Förschter, deß A'blenkle' will mer nit
g'falle', ich will nir g'sacht habe', aber wette' wollt' ich,
daß mer vielleicht schun morge' bei dem verrufene
Pemperwerth 'n frische' Rehschlegl kaafe' kann, wann
mer 'm jemand schickt, wo er sich nit verrothe' glaabt."

„„Dunnerwetter, beß wär' mer beß rechte, sächt
der Förschter, fort müßt' er un' wann er sunscht vun
Gold wär', dann beß hab ich g'schwore' un' halts, e'
Ghilf, der mer was veruntreut, der muß weg, aber
vum Louis kann ich's nit glaabe."""

„Ich wills aach nit hoffe', hot der Hannabam
g'sagt, ich hab' nor so gemeent, mer derf aber nit
traue' un' beim Soldate'lebe lernt sich allerhand."

So Stichlrede hot der Hannabam öfter g'führt
un' aach gege' 's Nannche, daß bie ganz bös' worre' is.

„Er is e' recht boshafter Nikl, hot se emol zu 'm
g'sacht, daß er den gute' Louis beim Vater gern ver=
schwätze' thät; wann ich was zu sage' hätt' wär' Er
bie längscht Zeit Jagdghilf geweft un' ich thät 'n als
Kosake'prügler a'stelle', do drfor taugt er, aber sunscht
for nir."

„„So rebb't die Mammsell? is jetz' der Hann=
adam losgange', also deß is der Dank for mei' Ver=
dienschte', aber gebe' Se Acht, 's werd noch Alles an
de' Tag kumme' un' do wolle mer sehe', wer dun uns
zwee die längscht' Zeit gedient hot.""

„Un' ich leib's nit, hot 's Nannche gezankt, deß is
e' Schlechtigkeit, eme ordentliche Mensche' so 'was noch=
zurebbe, deß sag' ich 'm, un' ferdt mich gar nit for
sein'm grippebisserige Gsicht." —

Wann se sich so über den Hannadam ereifert hot,
so wollt' se doch gege' ihr'n liebe Louis nir drun
merke' losse' um dem kenn' Verbruß zu mache'. 'S
war jo gar so e' lieber Borsch, e' schlanker blonder
Jung, wie mer de' Fridolin molt, un' e' guti treu=
herzigi Seel'. Un' was hot er schun for Feldzüg'
mitgemacht un' wie interessant hot er Alles verzähle'
könne'. Der alte' Rickes hot 'm selber gern zughört
un' die gröscht Freed ghat, wann er uff 'm Tisch die
Stellunge' dun de' Allirte' un' dun de' Franzose' mit
schwarze un' weiße Bohne' deutlich gemacht un' erpli=
cirt hot. Er hot sich aach bei mehrere Gelege'heite'
ausgezeichnt un' emol sein Oberscht, der schun g'fange'
war, mit Lebensg'fahr befreit, un' schun beßwege' hot
's Nannche' gemeent, müßt' mer 'm dun rechtswege'
e' Förschtersstell' gebe' un' 'n Ordn' obe'drei'.

'S wär' Alles gut gewest, dann junge Leut sin'
jo aach mit Hoffnunge' zufrieden, aber der Hannadam
hot nit uffghört mit sein'm falsche Gered' un' der

Rickes hot beßwege' vun verläßige Holzknecht, Weg=
macher, Kohle'brenner un' so Leut', die im Wald zu
thu' habe', Erkundigunge' eigezoge'. Zu sein'm grö'schte'
Erstaune' hot er do g'hört, daß es beim Hannabam
nit richtig wär', während vum Louis Niemand was
gewißt hot.

Un' was sellemol der Hannabam zum Nanndche'
g'sagt hot, daß noch Alles an be Tag kumme' werd,
deß is aach g'schehe, 's is aber ganz' 'was anners
an be' Tag kumme' als ber böse Jäger gemeent hot.

'S war A'fangs April in der schöne Zeit wo die
Auerhahne' zu balze' a'fange', bo sin' die Jäger all'
fleißig 'naus, so 'n stattliche' Vochl zu schiesse'. Deß
Balze'höre' un' deß Anspringe' is gar was luschtigs
for en' Jägersmann un' der Rickes wie sei' G'hilfe'
habe' ke' Müh' gspart', was zu krieche'. Wie der
Hannabam un' der Louis emol in der Nacht so 'naus=
gange' sin' un' sich nocher getrennt habe', so hört der
Hannabam zwee Anerhahne balze', ganz nochet bei=
nanner. Er probirt se a'zuspringe' kummt aber zu=
fälligerweis' an die Henne', die uff 'm Bobbm ware'
un' wie deß so geht, stehn' die uff un' streiche' bei
benne' Hahne' vorbei un' nemme se mit. Der Hannabam
hot sich gewaltig b'rüber geärgert, bo hört er uffemol
ganz weit weg, in der Richtung wo se hi'gstriche' sin',
wieder een' balze'. Er tummlt sich also uff ben Platz,
aber ber Hahn steht wiebber ab, for nir un' wiebber
nir, un' fangt weit ewech nochemol zu balze' a'. Die

Gränk, denkt sich der Hannabam, do treib' ich dem
Louis die Hahne' zu, wann beß so fortgeht, dann er
hot gewißt wo der Louis geberscht hot. Er is aber
doch nochgschliche'. Do fallt richtig e' Schuß beim
Louis un' der Hannabam hot grab b'rüber zu fluche'
a'fange' wolle', so sicht er en' Hahn streiche', an dem
er glei' gekennt, daß er was kriecht hot un' sicht 'n
am e' freie Grasplätzche runnerplumpfe'. Do springt
er g'schwind hi', nemmt den Hahn un' laaft mit 'm
fort un' heem zu. „Hot 's Bürschche emol wiebber
g'schoße un' bringt mir, beß is juscht Wasser uff' mei'
Mühl'. Am End' muß der Rickes doch bra' glaabe'
un' ich steck' dem Pemperwerth den Vochl in's Heu
in sein'm Stall un' will' schun mache', daß 'n der
Rickes do findt. Der Werth kann sich leicht 'rauslüge'
un' dem Louis bleibt sei' Treffer." Mit so abscheu=
liche' Gedanke' hot er den Hahn in sein' Ranze' gsteckt,
is heem un' hot 'n in seiner Stub' in e' Kischt gelegt,
wo er Schieß= un' Fischzeug drinn ghat hot, un' hot
die Kischt sorgfältig zugsperrt un' be' Schlüßl zu sich
genumme'. Er wär' schun glei' zu dem Pemperwerth
gange', wann er nit g'fercht hätt', daß 'm der Rickes
in be' Weg' kumme' könnt, weil der dort in ber Gegnd
aach uff Auerhahne' geberscht hot. 'S hot nit lang
gebauert, so is der Förschter mit eme Auerhahn heem=
kumme' un' frogt be' Hannabam ob er g'schoße' hätt',
er hätt' 'n Schuß g'hört.

„Ich hab nit g'schoße', sächt der, 's muß der Louis

geweft fey', ich bin an gar fe' Hahne' fumme'."
Bal' bruff fummt dann aach der Louis un' flagt wiebber
über fei' Unglück, er hätt' 'n Hahn a'gschoße', hätt'
aber trotz all'm Suche' nir finne' könne', obwohl der
Platz, wo er hi'gftriche' is, ziemlich frei geweft wär',
er könn's gar nit begreife', dann er wär' wunnerfchö'
uff dem Hahn abfumme' un' hätt' 'm aach Febbre'
ausgfchoffe'. Wie er beß fo fächt, winkt der Hann=
abam 'm Förfchter mit be' Aage; der hot's wohl be=
merkt, hot aber boch zum Louis nir g'facht als, er
foll boch beffer achtgebe' un' fei' Flint' ei'fchieße' um
zu fehe', ob's nit bo bra' fehlt un' foll mit 'm Hektor
nochemol fuche'. Wie der Louis aus der Stub' 'gange'
is, hot der Hannabam a'gfange' fein' Plan auszu=
führe' un' hot dem Rickes bie Propofition gemacht,
gege' Abe'b ober be' ann're' Morge' beim Pemper=
werth e' kleeni Vifitation zu halte' un' fo fort. Der
Förfchter war recht ärgerlich über die Gfchicht. Während
fe fo noch b'rüber rebbe', fummt 's Nannche' in's
Zimmer g'fprunge' un' ruft: „Vater' e' Maus, e'
Maus!" — 'S war g'fchpaßig, beß corragirte Mäbche'
hot bie Mäuf' erfchrecklich g'ferchet. — „Was is 's bann,
fächt der Rickes, wo is bann e' Maus?"

„„Ei, im Hannabam feiner Stub', ich bin grab
borch be' Hof gange' un' bo is der Hektor neber m'r
hergfprunge', jetz' wollt' ich der Berbl was fage' bie
beim Hannabam bie Stub gekehrt hot un' wie ich
'nei'geh, fpringt der Hund mit mer un' fteht uffemol

ferm wie uff der Hühnerjagd un' klotzt in e' Eck,
wo die Kischt vum Hannadam steht. Die Maus muß
hinner bere' Kischt sey', wann' mer se nor krieche'
thäte', dann ich ferdt se so, die abscheuliche Thier."
Do sächt der Hannadam, der die Farb' im G'sicht
gewechselt hot: „Bleibe' Se, Herr Förschter, 's werd
nir sey', ich will glei' sehe', was der dumme Hund
hot," aber der Förschter steht uff un' sächt: „die Gränk
nochemol, beß will ich doch aach sehe, dann der Hektor
hot mich uff' der Hühnerjagb oft genug geärgert,
wann er so vor be' Mäuslöcher gstanne' is als wann
e' Fasan vor 'm läg', un' ich hab' gemeent' ich hätt's
'm endlich abgewöhnt."

Zum gröschte' Schrecke' vum Hannadam geht also
der Förschter mit un' richtig steht mei' Hektor noch
ferm vor der Kischt. Jetz' habe' se die weggezoge',
un' 's war nir vun .ere Maus zu sehe', aber der
Hektor hot nit uffghört an bere Kischt 'rumzeschnoppre',
so daß beß dem Förschter uffgfalle' is. „Er muß doch
was wittre', sächt er, sperr' Er emol die Kischt uff,
Hannadam, ich bin doch begierig was beß is." Jetz'
hot der Hannadam ganz verlege' in be' Säck 'rumgsucht
un' gsacht, er könn' be' Schlüßl nit finne', er müß
'n verlegt habe', aber dem Rickes war beß Ding ver-
dächtig un' er sächt: „so bringt e' Stemmeise' un' 'n
Hammer her, ich will wisse' was in bere' Kischt is."
Jetz' zieht der Hannadam be' Schlüßl 'raus un' sächt
mit erkünschtltm Lache': „Wann mer nor der Hund

nit bo drüber kumme' wär', 's hätt' 'n Gschpaß gebe'
mit 'm Louis un' Sie hätte' gewiß aach gelacht Herr
Rickes. Sehen Se, ich hab' heut morge' 'n Auerhahn
g'schoße' un' hab 'n bo versteckt, um 'm Louis e' Wett
a'zubiete', daß ich beim helle Mittag so en' Hahn
schieße woll, natürlich hätt' der bie Wett a'genumme'
un' ich wär' mit mein'm Hahne' 'naus, hätt' g'schoße'
un' hätt' 'n wiebber 'rei'gebracht. Sehen Se, beß is
bie G'schicht" un' bo hot er die Kischt uffgsperrt
un' be' Hahn 'rausg'holt. Ueberbem is ber Louis
brzu kumme' un' hot aach ben Hahn betracht' un'
zieht uffemol zwee abgschoßene' Schwungsebbre aus 'm
Gilettäschche' un' sächt: „Herr Rickes, beß is mei'
Hahn, den hot mer ber Hannabam g'stohle' un'
will uns jetz' was weiß mit mache'. Do gucke' Se, wie
die Kiel vun benne' abg'schoßene Febbre' anenanner
passe'."

Do is bem Förschter e' Licht uffganga' un' wüthig
wenb't er sich zu bem ganz consternirte' Hannabam
un' sächt: „Er nixnutziger Vorsch, bin ich 'm emol
uff bie Schlich kumme'?! Augenblicklich pack' er sei'
siebe' Sache' 'zamme' un' heut noch geht er aus 'm
Haus, ich werr' mei' Anzeig' mache'."

Un' so is er mit be' annere 'naus un' ber Hann=
abam hot g'flucht zum verschrecke', un' er woll' schun
noch abrechne' mit bem Rickes un' woll 'm be' rothe
Hahn uff's Haus setze', er soll noch an 'n benke'.
Hot nocher all' sei' Sache' in die Kischt gschmisse' un'

der Verbl g'sagt, sie soll se 'm Bote' noch Neustadt
mitgebe', un' hot sei' Flint' genumme' un' is fort.

4.

O was ware' jetz' herrliche Täg' for be' Louis
un' for 's Nannche', ke' Hannabam hot se mehr genirt
mit sein'm ewige' Uff'passe' un' Verschwärze' un' der
Förschter hot sichtlich nir gege' ihr' Liebesverhältniß
g'hat, dann er hot jetz' erscht recht g'sehe', baß der
Louis e' braver erdentlicher Mensch is. Daß er ben
Hannabam fortgejagt, hot 'n nit reue' derfe', dann wie
beß allemol so geht, so habe' sich allerhand Leut jetz'
mit der Sproch 'rausgetraut, die aus Forcht vorher
nir g'sacht habe' un' so sin' bann bem Rickes e' Meng'
Lumpereie' un' Schlechtigkeite' vun bem böse Vorsch
zu Ohre' kumme'. Sei' Drohunge' habe' ben Rickes
aach nit verschreckt, dann so was hot er schun oft
g'hört, wann er en' Braconnier erwischt un' a'gezeigt
obber korzwech uff's Amt gebracht hot. Was aber
aus 'm Hannabam worre' is, hot ke' Mensch gewißt,
er war wie verschwunde' un' mer hot sich gedenkt, er
hätt' sich bei der Armee a'werbe' losse' un' wär' noch
Frankreich. Wann mer aber bo ke' Bsorgniß ghat hot,
so war boch e' schlimmi Zeit un' Vorsicht nothwenbig,
weil's an räuberischm Gsindl nit g'fehlt hot un' bie
Zigeuner sellemol in ganze' Schaare' in be' Wälder
un' in be' alte' Borge' un' Schlösser 'rumgelungert
sin un' g'stohle' habe', wo's möglich gewest is.

'S war vielleicht vier Woche' noch der Auerhahn=
g'schicht, so kummt gege' Obe'd e' Kerl am Haus
a'gfahre' vun lumpichm Ausehe' un' mit eme eige=
bunnene' Gsicht. 'S Nannche' is juscht unner der
Thür g'stanne' un' hot 'n gfrocht, was er will. „Ich
bin e' Pelzwaare'händler, sächt er, un' möcht' be' Herr
Förschter froge', ob er ke Fuchsbälg' hätt', ich thät se
'm abkaafa', ich kann mich nit uffhalte', will die Mamm=
sell nit froge'?" Do geht 's Nannche' 'nei un' sächt's
'm Vater un' holt der e' Duznb so Fuchsbälg', die er
g'hat hot, un' is mit dem Händler bal' eens worre'
über be' Preis un' hot der die Bälg' bezahlt. Der=
nocher sächt er, der Forschtmeeschter vun Kaiserslautre',
bei dem er aach Bälg' gekaaft hätt, der hätt' 'm
g'sagt, wann er zum Rickes käm', möcht' er 'm 'n
schöne' Gruß ausrichte' un' sage', er soll sein Ghilfe'
Louis be annere Morge' bis sieben Uhr an die Hocke'=
schneiz schicke', do thät er be' Forschtmeeschter treffe'
un' der hätt' 'm was zu sage'. Der Förschter hot
gsagt, er woll's bsorge' un' der Mann is wiebber
weiter g'fahre' gege' Johanniskreuz zu. Die Hocke'=
schneiz war zwee gute Stunde' vum Forschthaus weg
un' is der Weg bohi' e' zeitlang der Fahrstroß noch=
gange' un' nocher in be' Wald enei'. Der Rickes hot
'm Louis die Bstellung gsacht un' gege' fünf Uhr früh
is der fortgange' um zur rechte Zeit am Platz zu seh'.
Er war vielleicht e' annerthalb Stund fort un' der
Rickes hot mi'm Nannche' juscht be Kaffee getrunke',

so sterzt die Berbl voll Schrecke' in die Stub un'
sächt: „Um Gotteswille', Herr Förschter, 's kumme'
wiebber Kosake' die Stroß' 'ruffgeritte', die quartiere'
sich gewiß bei uns ei'." Der Rickes springt uff un'
guckt un' richtig kumme' zwee Kosake' brher un' kerze=
grad uff's Haus un' in de' Hof 'nei'. Do hot se der
Hektor a'gebellt un' in bem Aageblick hört der Försch=
ter e' Gebrüll vun benne' Kosake' un' hört sein' Hunb
schreie' un' bis er 'nausspringt, habe' die Kerl ben
arme' Hektor mit ihre' Spieß' schun maustobt nieber=
gstoche g'hat. O Ihr verfluchte' Kerl, Ihr Unmensche',
hot der Förschter gschimpft un' lamentirt un' war
ganz ausenanner for Zorn, aber die Kosake' habe'
mit Geschte' un' beute' zu versteh' gebe', der Hunb
hätt' se beiße' wolle'. Un' jetz' sin' se in's Haus un'
habe' mit ihre' Peitsche' uff be' Tisch g'schlage' un'
Zeiche' gemacht, baß se 'was zu trinke' wollte'. Do
hot der Rickes halt boch Wei' bringe' müsse', er hätt'
se lieber tobtgeschlage'. Eener broun war e' großer
breetschulteriger Mann, ber hot über die Stern un
über's linke Aug' e' schwarzi Binb' ghat, der anner
war e' kleener un' magerer berrer Kerl. Sie müsse'
vum e' annere Land gewest sey, wie die erschte', dann
die G'sichter ware' nit so kalmucke'haft un' die Sproch
war aach anners. Sie habe' aach nit viel gered't, nor
manchmol enanner 'was zugemormlt un' ben Rickes
brbei unheemlich firirt. Jetz' steht uffemol der große
uff un' geht 'naus un' holt bo e' Holzart, die nebe'

ber Küch' im e' Eck gelehnt un' die er wahrscheinlich
beim 'reigeh' g'sehe' hot. Mit dere Art kummt er
wiedder 'rei' un' geht, ohne e' Wort zu sage', uff en'
Komodkaschte hi', wo der Rickes sei' Geld g'hat hot
un' schlagt do mit eem' Streech die Schublade'wand
nei'. Do springt der Rickes drzu un' will 'm wehre',
aber jetz' packe' die zwee Kerl den alte' Mann wie
zwee Wölf' mit Zähnfletsche' a' un' mit eme Hölle=
lärm reiße' se 'n im Zimmer 'rum. Wie 's Nannche
beß hört springt se im Vater sei' Schlofzimmer, reißt
e' gelabni Pischtol, die an sein'm Bett g'hängt is,
runner un' rennt in die Stub, wo beß Geraaf ge=
weßt is. Do habe' die Kosake' den Rickes juscht uff
de' Bobbm geworfe' un' der große' hot 'n am Hals
g'hat. Do schießt beß Nannche', ohne sich zu besinne'
uff den un' hört 'n Schlag uff de' Bobbm, in dem
Aageblick springt aber der annere aus 'm Pulver=
dampf mit der Art uff se zu'. Jetz' rennt se de'
Gang zurück gege' de' Hof un' der Kosak mit Brülle'
noch, aber an der Thür hört se uffemol hinner sich:
„Halt du verfluchter Kosak!" un' wie se umguckt sieht
se de' Louis, der den Kerl am Krage' gepackt un' in
eener Gschwindigkeit nebe' die Kellerthür' higeworfe'
un' die Art aus der Hand gerisse' hot. Do schreit
der Kosak uff gut Deutsch: „Thun Se mer nir, Herr
Louis, thun Se mer nir, ich bin ke' Kosak, bin e'
armer Jubb, der Hannabam hot mich verführt!"
    Der Louis war for Erstaune' wie aus de' Wolke'

g'falle' un' b'rüber kummt ber alte' Rickes ganz blaß
aus ber Stub un' 's Nannche' springt 'm mit Thräne'
an be' Hals: „Um Gotteswille Vater, weil be nor
lebscht! wo is bann ber anner'?"

„„Der is bordy's Fenschter 'naus"", sächt ganz er=
schöpft ber Rickes un' ruft 'm Louis zu, loß 'n nit
loß, ich kumm', ich kumm! Der Louis hätt' aber sein
Mann todtgschlage', wann er sich gemurt hätt', aber
ber is ganz verstört bogelege'. Do hebt ber Förschter
bie Fallthür vum Keller uff un' sächt zum Louis:
„Schmeiß' 'n nunner bo ben Kosake'spieler, baß er in
sei' Quartier kummt wie's 'm g'hört" un' mit eme
Ruck schmeißt ber Louis ben Jubb bie Trepp' enunner,
baß er jämmerlich gegrische' hot. Jetz habe' se bie
Thür obe' verriechelt un' 's hot e' Weil gebauert bis
se enanner habe' sage' könne' wie alles gewest is.

„Gut hoscht be' g'schoße', sächt enblich ber Försch=
ter zum Nannche, bann wie ber Kerl be' Louis brauß
g'hört hot un' zum Fenschter 'naus is, hot 'm ber
rechte Arm nor so 'runnergepamblt, un' 's war
richtich ber Hannabam, bann er hot wie er uff ben
Schuß an bie Wand getaumlt un' hi'gfalle' is, sei'
Bind verlore' un' bo hab' ich 'n glei' gekennt. Ich
wollt 'n leicht gepackt habe', aber ich hab' so g'schwind
nit uffsteh' könne'. Aber sag' mer nor, was for e'
Engl bich zurückgführt hot Louis, mei' lieber Louis,
bie Kerl hätt'n uns all' umgebracht, wann be nit
kumme' wärscht."

„Ja sehen Se, sächt der Louis, die Spitzbube'!
der do im Keller is der nähmliche Judb, der geschtert
die Bstellung vum Forschtmeeschter gemacht hot, um mich
vum Haus weg zu bringe', wie ich aber unnerwegs
die Kerl hab' reite' sehe', hab' ich mer glei' gedenkt,
daß se do her kumme' un' daß es 'was gebe' könnt',
un' so bin ich wiebber umgedreht un' bin Gottlob zur
rechte' Zeit do gewest."

Do hot 'n der Förschter herzlich umarmt un' 's
Nannche aach, natürlich, un' d'rüber laaft die Berbl
mit zwee Holzknecht drher die se im Schrecke' vum e'
Platz in der Näh' g'holt hot, wo die Holz gemacht
habe'. „Gott sey Dank, 's is ke' Gfahr mehr, ruft
'n der Rickes zu, aber Ihr kummt grab recht, holt
jetz' den Judb aus'm Keller un' bind't 'n un' ich dictir'
d'erweil 'm Nannche mei' Anzeig' un' nocher führt
den Lump uff Kaiserslautre', der Louis kann uff eem
vun denne' vermeentliche' Kosakegäul mitreite'."

„„Soll gschehe', sächt der Louis, aber erscht geh'
ich mit de' Knecht de' Hannabam suche', daß Ihr
sicher seyb.""   Un' so nemmt der Louis sei' Flint'
un' geht mit de' Holzknecht der Blutspur vum Hann=
abam noch. Schier e' halbi Stund weit habe' s' 'n
gspürt, bernocher aber nimmer, un' an dem starke'
Blute' hot mehr wohl gekennt, daß er 's Zurückkumme'
bleibe' losse' un' ke' Luscht habe' werb, sein' Gäul
zu hole' obber noch sein'm Kamerab zu schaue'.

Sie sin' also wiebber heem, habe' den jammernde'

Jubb' gebunne' un' sin mit 'm fort wie's bstimmt war. Ei, was hot der Forschtmeeschter geguckt wie se den Kerl bringe' un' wie er dem Rickes sein' Bericht gelese' hot! Die Gschicht hot natürlich beß gröschte Uffsehe' gemacht, dann der Jubb war noch obe'brei' e' Haupthahn bei ere Räuberband, die mer schun lang verfolgt hot, un' so is der Lohn for be' Louis un' for 's Nannche' nit ausgebliebe' un' e' Woch druff is e' Försterpatent for 'n a'kumme'. Daß er jetzt glei' um's Nannche a'ghalte' un' der Rickes mit Freede' sein' Sege' brzugebe' hot, versteht sich von selber un' so habe' se g'heurat' un' sin' glücklich gewest. — Vum Hannabam hot mer aber nix mehr g'hört. —

Bum Lische' vun Erbach.

1.

„Liebes Lische', loß e' vernünftiges Wort mit b'r rebbe'; bu bischt jetz' in be' Johr wo e' Mädche' heurate' soll un' 's wär nit klug, e' guti Parthie auszuschlage', wann sich eeni mache' will, bann beß habe' schun viel Mädcher bereut, baß se alls gemeent habe', 's käm was besseres nooch, aber 's is nir nooch kumme'. Sag' emol, hoscht be nic bemerkt, bas bir mei' Freund Brehm, was mer sächt bie Cour macht, natürlich nit wie e' Springinsfeld, ber sich be' Kopp schier uff'm Bobb'm ei'rennt, um sein'm Dämche 'm Hänsching uffzehebe', nee, sonbern wie e' g'setzter soliber Mann thut, hoscht be beß noch nit gemerkt?"

So hot ber Schulmeeschter Kribler vun Erbach zu seiner Tochter gereb't, aber 's Lische' hot g'sagt: „„Ach lieber Vater, Er macht nor Späß, ich hab' nie' was gemerkt, obwohl ich be' Herr Brehm als Kind schun gekennt hab' un' zum e' Oekonome' thät ich gar nit passe', bann ich ferdt' bie Küh' un' bie Ochse'.""

„Was soll bann beß heese' for e' groß' Mädche', Küh' un' Ochse' ferchte'? Ich weeß' wohl, bu gehscht ihne' all's aus'm Weg, aber probir's emol un' geb'

ihne' e' bische' Brob un' Salz, bo werscht be sehe',
daß se zahm sin' wie die Schoof. Du weescht aber
aach, daß ber Brehm ke' Bauer is, sondern e' rati=
oneller Oekonom, ber stubirt hot un sogar die Theo=
riee' vum Liebig kennt. 'S is e' braver, verläßiger
Mann, e' Mann in be' bescdte Johr un' hot e' recht
hübsches Vermöge', was willscht be' bann mehr?"

„„Aber lieber Vater, wie kummt Er uff ben Ei=
fall, ber Herr Brehm hot sei' lebtag ke' Wörtche' vum
heurate' gsagt un' ich glaab, er mag gar nit heurate'."„

„Kind, stille Wasser sin' tief, ich weef' beß besser,
er hot schun öfter brvun a'gfange' un' hot beutlich
merke' losse', baß er an bich benkt. Ich will b'r was
sage', weil er e' Freund vun Blume' is, so bring' 'm
e' Bouquet vun Rose aus unserm Garte', ich will's
glei' schneibe', un' sag' 'n schöne Gruß vun mer, es
wäre' die erschte' bie blühe' thäte'. Wann be so allee'
bei 'm bischt, so soll's mich wunnere', wann er b'r
vun seiner Passion nix sagt, un' thut er's, so sey
gscheut, schlag's nit in be' Wind, bu wollscht's über=
lege' sag'; aber ich bitt' bich, sey vernünftig un' stoß'
bem Mann for nit be' Kopp."

Un' somit is ber Vater Kribler in be' Garte' un'
hot bal' e' großes Rose'bouquet brher gebracht, hot 's
Lisdhe' nochemol ermahnt, e' gutes Töchterche' zu sey',
un' hot sich bann beß Mäbche' uff be' Weg gemacht.

Es war e' kleeni halbi Stunb bis zum Haus vum
Brehm un' is ber Weg zwische' Wiese un' Kornfelber

gange' un' hätt' beß Mädche' mit ihre' Rose' nerge'bs
schöner aussehe' könne' als in dere ec'sache' Landschaft
nebe' benne' reich un' üppig stehende' Felder, dann 's
Lische' war e' gar hübschi Blondin' un' frisch un'
freundlich wie ihr' Rose'. Un' beß schöne Bild sollt'
dann aach der Herr Brehm sehe', der juscht sei' Morge'=
peif aus 'm Fenschter geraacht un' in's Freie 'naus=
geguckt hot. Er hot beß Lische' schun vun weit'm ge=
kennt un' hot nocher gschwind vor 'm Spiegl e' bische
Toilette gemacht un' sein alte' Schlofrock mit eme
a'stänbige Ueberrock vertauscht.

'S Mädche' is langsam in Gedanke' dahi'gange'
un' um so langsamer als se näher an dem Brehm
sei' Haus kumme' is. Sie hot aach viel zu denke'
g'hat; for's erschte an ihr'n Schatz, beß aber nit der
Brehm war, un' nocher an den, wo se jetz' e' Liebes=
erklärung hätt' hole' solle'. „Mein' Schatz geb' ich
nit uff, hot se fescht for sich g'sacht, aber wie mach
ich's baß ich mit dem Brehm ohne Verdruß dorch=
kumm'?" Sie hot den Mann als gar gutmüthig ge=
kennt un' sollt' se's dann nit wage', glei' grab 'raus
mit der Sproch zu geh'. Der Gedanke' is ihr all's
wiebber kumme' un' endlich zum B'schluß worre, nor
hot se sich noch bsunne', wie sich die unvermeidlich
mit verbunnene' Fatalitäte' milbre' ließe' un' baß beß
g'schehe' könnt', wann's ihr gelinge' thät, dem Brehm
sei' schwachi Seit' zu treffe' un' 'n so 'rumzukrieche'
un' merb zu mache'. Jeder Mensch hot so e' schwachi

Seit' wo mer'n leicht packe' kann un' dem Brehm seini war die, daß er sich ei'gebilb't hot, Alles e' bische besser zu wisse' un' mache' un' arrangire' zu könne', als annere Leut. Do hot's ke' Uffgab gebe' un' ke' verwicklte' Verhältniße, wo er nit e' Lösung gewißt hätt'. „Ei deß macht sich jo leicht so," hot er all' g'sagt, obber „wißt Ihr was ich thät? deß un' deß," un' war drbei e' Redensart vun 'm „denkt bra', der Brehm hot's gsagt." Hot mer 'n nochher über sei' Ei'fäll' gelobt obber sich gar drüber verwunnert, so hätt' mer alles vun 'm krieche' un' hätt' 'n, was mer sächt, um 'n Finger wickle' könne'. An deß hot 's Lische ge- benkt un' verschiedene Plän' gemacht die se aber all' wiebber vergesse' hot, wie se an's Haus kumme' is.

Der Brehm hot ihr schun an der Thür zugerufe': „Ei gute' Morge', liebes Lische', wie kumm' dann ich zu dem Glück, daß Sie mich besuche'? Deß is so herrlich, kumme' Se 'rei' un' trinke' Se e' Taß' Kaffee mit m'r."

„„Ich dank' Ihne, Herr Brehm, sächt 's Lische, ich hab' schun Kaffee getrunke' un' bin vum Vater hergschickt, Ihne' die erschte' Rose' aus sein'm Garte' zu bringe', er weeß', daß se' e' Liebhaber vun de' Blume' sin' un' loßt Ihne' schö' grüsse'.""" Un' mit eme zierliche Knir überreicht se ihr Bouquet.

„Ei wie schö', was prächtige Rose', ich dank' halt gar höflich un' derf ich se bhalte', so möcht' ich 's

Lische' aach mit bhalte', dann beß is doch die schönscht'
Ros', die mer mei' Freund gschickt hot."

Do lacht 's Mädche' un' sächt: „„Sie habe' doch
alle Talent', Herr Brehm, die mer sich nor denke'
kann' un' ich glaab', wann Se Gedicht' mache' wollte',
Sie könntens' wie nor eener. O du lieber Gott, mir
fiel nit ei' so hübsche Sache' zu sage' un' wann ich
mich hunnertmol drüber bsinne' thät.""

„Is ke' so großi Kunscht, liebes Kind, sächt der
Brehm gschmeichlt, ich hab jo nor sage' derfe' was
wohr is un' was ich werklich vor mer seh'."

'S Lisch,e' hot ihr Köppche' g'schüttlt un' er hot
weiter gsagt, indem er ihr 'n Stuhl gebracht hot:
„No' wie gehts dann alls liebes Lische?"

„„Ach Herr Brehm, 's ging schun recht, aber Sie
wisse' wohl, wies dheem so einsam is, der Vater un'
die Magd, die Chrischtl, un' ich, un' mehr hätt' oft
'was uff 'm Herze' un' möcht' sich 'n gute' Roth hole',
un' 's git jo Sache', die mer, obwohl se gar nix un-
rechts sin', eme Vater nit anvertraue' kann un' noch
weniger ere Magd. Deß kummt mer oft recht hart vor.""

Der Brehm hot g'stutzt, aber um dem Mädche'
zu g'falle', sächt er: „Un warum zähle Se mich nit
zu der Famill', wann ich aach nit im Haus wohn',
g'hör' ich doch als Schulkammrad vum Vater in die
klee' G'sellschaft un' gute Rooth geb' ich allzeit gern,
wann ich kann."

Do hot 's Lische' g'seufzt un' ganz kümmerlich uff

be' Bobb'm geguckt. „Sie könne' viel, sächt se', beß weeß' ich wohl, aber was ich meen', bo könne' Se gewiß aach nit helfe."

Do brüber e' bische' pikirt sächt der Brehm: „Ei warum dann nit, beß wolle' mer boch emol sehe', e' gewerflter Mann wie ich sind't oft allerhand was mer brauche' kann, wo annere nir sinne', un' beß is aach oft wie 'm Columbus sei' Ei, gar ke' Herc'werk. Also 'raus mit, was bekümmert Ihne' dann, Lische'?"

„„Ach Gott, Sie sin' so gut un' wann Se mer verspreche' nit bös zu werre', so will ich Ihne' gern sage', was mich bekümmert.""

Un' bo hot 'm beß hübsche Kind ihr zartes Händ=che gebe' un' ihm is ganz wunnerlich zu Muth worre', dann 's war als thät's 'm vorschwebe' was se sage' werd'. Aber korz gfaßt, sächt er: „'raus mit, 's werd sich schun 'was mache' losse'.""

„„Ach, Herr Brehm, sehen Se, die Gschicht is so, ich hab', wie ich im vergangene Johr bei meiner Tant' in Franke'thal uff B'juch gewest bin, 'n junge' Mann vun Mann'em kenne' gelernt un' den will ich liebe' mei' lebelang un' er liebt mich aach, aber der Vater will nir vun 'm wisse'. Die Tant' muß was gemerkt un' brüber g'schriebe' habe' un' daß er e' Dichter wär' un' hätt' mer e' paar Gedicht gemacht, dann wie ich heemkumme' bin hot der Vater glei' noch denne' Ge=dicht g'frocht un' hot se gelese'. Obwohl gar nir brinn gstanne' is als vun der Harmonie vun Lieb' unn' Frühling un' so was, so hot er doch ganz übler Laun' un' ernschthaft gsagt: „Liesche, hot er gsagt, beß bitt ich mer aus, beß da dir den Dichter do aus'm Kopp schlagscht, die heutige' Dichter sin' 's mehrschte Demokrate' un' Freigeischter un' ich mag so Leut nit." So hat er g'sagt un' wie ich hab' explicire' wolle', der junge Mann wär jo ke' Dichter vun Profession, sondern nor so nebe'her, hot mich der Vater gar nit a'ghört un' ganz bös' a'g'fahre', ich soll ke' Wort mehr b'rvun rebbe'. Jetz' roothe Se, lieber Herr Brehm, was is do zu mache'?"

Do hot der Brehm freilich die Aage' groß uffgerisse', 's war werklich wie's 'm bunkel vorgange' is, un' wann's schun nit gar luschtich is, vum e' Liebhaber uff 'n Freund reducirt zu werre', so is e' Reduction uff en' väterliche Freund, wie die gegenwärtig' ausg'sehe' hot, noch weniger luschtig. Der gute Mann is dann aach wie versteenert dog'sesse', dann er hot werklich im Sinn g'hat, beim Liesche' emol a'zukloppe' un' deß schöne' Kind zu heurate'.

'S Liesche hot sei' Ueberraschung wohl bemerkt un' sächt: „gel' e' Se, do git's ke' Hilf, ich hab' mer's gedenkt." Deß hot uff'n reagirt un' is der alte Ehrgeiz „alls was zu wisse', wo annere nir mehr wisse'", uffemol wiebber lebenbig worre'.

„Ho ho!, sächt er, nor nit glei' verzweiflt, aber wie heest dann der Mensch un' was is er dann?"

„„Er heest Heinrich Haller un' is Musikus, un'

singt prächtig, un' beß is ebe' beß ärgerliche', daß mich der
Vater nit a'höre' hot wolle', dann die Musik hot er gern
un' componirt jo selber. Aber um Gotteswille', den Name'
Haller berse' Se nit nenne', dann der steht unner
benne' Gedicht, wo de' Vater so bös gemacht habe'."“

„No', so heese' mer'n Herr Heinrich, sächt der
Brehm“ un¹ b'rüber ruft 's Lische ganz entzückt: „O
was e' herrlicher Ei'fall, der is jo Gold werth, lieber
Herr Brehm, mit dem Name' is er for be' Vater e'
neui Person un' 's is doch sei' Name' un' thät 'n
der Vater nor emol kenne' lerne', so ging gewiß
Alles gut.““

„Un' bo soll ich, sächt der Brehm e' bische bitter,
den Herr Heinrich zu mer ei'labe', weil ich aach e'
Musikfreund bin, un' bo könnt' Ihr euch sehe' un' ich
kann 'n 'm Vater vorstelle' un' so fort, gel' e' Se?“

Aber 's Lische hot getha' als wann se die Ironie,
die in seiner Frog gelege' is, gar nit merke' thät un'
springt vum Stuhl uff un' fliegt bem sunnverbrennte un'
verwitterte Oekonom an be' Hals un' küßt 'n, un' ruft:
„Wär's möglich, Sie wolle' 'n zu sich ei'labe' un' mit 'm
Vater bekannt mache', o wie werd Alles jetz' hell un'
freundlich, was bis jetz' so trüb un' traurig war, habe'
Se tausend Dank, lieber, lieber Herr Brehm!“

Der Brehm hot's freilich nit so gemeent, wie sie's
genumme' hot, aber der Kuß un' die Freed un' Dank-
barkeit vun dem Mädche' hot 'n dann aach in's rechte
Fahrwasser gebracht un' wie er se so betracht' hot

in ihrer reiznde Uffregung, so hot er bei sich ge=
benkt: „Wär' doch, weeß' Gott, schad um beß junge
Blut, wann se een nemme' müßt, ben se nit mag, —
ja wann se frei wär', aber so, nee —" un' mit bere'
Resignation is jetz' e' wahrer Eifer in 'm uffgewacht,
bie junge' Leut' zammezubringe' un' alle' Hinnerniß
zu überwinde'. „Gebe' Se Acht, liebes Lische, sächt
er, wann ber Brehm 'was in be' Hand nemmt, muß
es geh' un' klappe', ich hoff' unser Herr Heinrich is
e' orbentlicher Mensch un' hot 'was gelernt un' so
soll sich bie Parthie mache', benke' Se bra', ber Brehm
hot's g'sagt."

'S Lische war glückselig un' is ausgemacht worre',
sie soll an ben Haller schreibe', baß er als Herr Hein=
rich uff bie klee' Villa bum Brehm kumme' soll un'
ließ 'n ber ei'labe zum e' Lanbaufenthalt. 'S weitere
woll' er schun bsorge', hot ber gute Brehm gsagt. —

Wie 's Lische sor Freeb strahlnb heemkumme' is,
hot ber alte Kribler schun ganz begierig gewart' un'
glei' gfrocht, wie's gange' hot.

„Wie ich mer's gebenkt hab', lieber Vater, sächt 's
Lische, ber Herr Brehm war recht freunblich un' lusch=
tich, hot aber ke' Wort g'sagt, baß er mich heurate'
woll'. Die Rose' habe' 'm viel Vergnüge' gemacht un'
er loßt vielmols banke' brfor."

„„Sonderbar, sächt ber Kribler, aber so gehts,
sor annere Leut' weeß' ber Brehm alls was zu rothe'

un' abzumache', sich selber aber kann er nit helfe',
for annere ging' er in's Feuer, for sich hot er nit
Courage genug, eme simple' Mädche' zu sage', daß er
se heurate will.""

No', beß Ding war gut, die Heurat hot juscht nit
pressirt un' der Herr Heinrich is dann richtig mit
Bichelin, Guitarre un' eme' tüchtige Pack Musikalie'
beim Brehm a'kumme'. Es war e' blühender junger
Mann mit eme Raphaelkopp un' schöne' schwarze
Aage'.

Der Brehm hot 'n freundlich un' jetz' als Ver=
trauter bum Lische empfange', hot sich glei' um sei'
Verhältniß' erkundigt un' um sei' Aussichte' un' hot
nocher ganz befriedigt sein' Operationsplan entworfe',
um den obstinate' Kribler zu gewinne'. Drbei war
sonderbar, daß sei' Plan ganz ähnlich dem war, wie
'n bei ihm selber, ohne daß er's gemerkt, 's Lische
a'gewend't hot, dann er wollt' den Kribler aach beim
Eitlkeitszipfl packe', der 'm gar wohl bekannt war.
Der Kribler hot nähmlich' gern Lieder componirt un'
hot sei' Compositione', uff die er erschrecklich viel g'halte',
dem Brehm oft uff eme' alte' Cembalo vorgspielt,
aber er hot se nit singe' könne' un' der Brehm aach
nit, un' 's Lische aach nit', un' so war beß oft e'
Jammer bun dem Kribler wann er se nor emol ordent=
lich könnt' vortrage' höre', weil's 'n aach gejukt hot,
die Herrlichkeit 'rauszugebe', daß se die Welt bewunnre'

könnt'. 'S war 'm aber um so mehr bra' gelege',
die Sache' ordentlich singe' zu höre', weil der Cantor
dun Erbach, der wohl gsunge' hot aber nit schö',
allerhand Ausstellunge' bra' hot mache' wolle', daß es
zu hoch nuff ging odder zu tief nunner un so aller=
hand, deß ben Kribler geärgert hot. Jetz' war aber
der Herr Heinrich wie's Lische' richtig gsagt hot, e'
herrlicher Sänger, hot 'n Tenor g'hat wie e' Silber=
glock un' hot die schwerschte' Sache' dum Blatt weg
g'sunge' un' mit der Guitarre accompagnirt. Noch e'
paar Täg' geht also mei' Brehm zu sein'm Freund
un' sächt, 's wär' 'm dum e' Verwandte e' dorchreefnder
Musikus empfohle' worre' un' weil er so schö' singe'
könnt', so hätt' er 'n gebitt', e' paar Woche' beim 'm
zu bleibe'. „Geb mer doch, sächt er, etliche dun deine
Lieder mit odder schick mer se dorch's Lische', ich loß
se nocher dun mein'm Sänger ei'studire' un' übermorge'
müßt Ihr zu mer kumme' zum e' musikalische Kaffee,
un' do soll se der Herr Heinrich, so heeßt mei' Mann,
singe'." Der Kribler hot die gröscht' Freed über die
Nachricht g'hat un' weil er gemeent hot, der Brehm
thät bei bere' Gelege'heit wiebber uff's Lische' speculire',
so hot er g'sacht, er woll' erscht die bescht Lieder
'raussuche' un' 's Lische soll se 'm bringe' un' wiebber
Rose' drzu.

Deß is dann aach bal' g'schehe' un' hot 's Lische'
die Lieder un' die Rose' zum Ueberbringe' 'kriecht un'
hot natürlich drbei die A'kunft dun ihr'm Heinrich er=

fahre'. O wie glüdlich is se den Weg jetz' 'gange', der ihr vor e' paar Woche' so viel Sorge' gemacht hot. —

2.

Was is es doch schön's um e' jungi ehrlichi Lieb', um e' Lieb', die natürlich gewachse' is, wie e' Blum' im Wald, ohne Falsch un' ohne' Verkünschtlung, un' nit verzoge' un' verberbt dorch allerhand Speculatione' un' Gemeenheite', wie se leider genug in der Welt zu finne' sin'. So e' naturwüchsigi edli Lieb' aber hot zwische' dem Lische' un' ihr'm Heinrich geblüht. —

Wie 's Lische' an's Haus vum Brehm kumme' is, hot der wiebber mit seiner P'eif' beim Fenschter 'rausgegudt un' wie er se g'sehe', hot er dem Heinrich gerufe' un' is der zum Empfang 'nausgsprunge'. „Mei' Heinrich! mei' Lische!" un' sie sin' sich in de' Arm gelege' un' der Brehm hot nit gewehrt un' sin' 'm die Aage' übergange, er hot nit gewißt warum.

Jetz' is dann nocher viel verzählt un' besproche' worre' un' der Heinrich hot aach glei' die Lieder dorchg'sehe'. „Ei der Tausend, sächt er, do sin' gute Sache' drbei, o Lische', ich will mer alli Müh' gebe', daß ich se schö' vortrag'." Un' een's beß dun der Lieb g'handlt hot, beß hot er glei' g'sunge' un' so schö' hot er's g'sunge', daß der Brehm selber g'sagt hot, er hätt' nie so 'was g'hört. „Ich will's aach 'm Vater glei' verzähle', sächt's Lische, gewiß hot er e'

großi Freed b'rüber." — Wie se fort is, hot se der
Heinrich noch e' Stück Weg's begleit', die junge' Leut
ware' voll Hoffnung un' Glückseligkeit.

Un' der musikalische Kaffee is gewest un' war aach
der Cantor un' sei' Fraa ei'gelade'. Un' wie der
Heinrich a'gfange' hot singe', so war nor ee' Erstaune'
un' der Kribler hot for Entzücke' 's Maul nimmer
'zammegebracht un' der Cantor hot bekenne' müsse',
baß ke' Fehler an be' Lieder wär', es thät sich beß
erscht jetz' zeige', wo se so e' ausgezeichneter Künschtler
g'sunge' hätt'. Wie die Lieder g'sunge' ware', hot der
Brehm ben Kribler abseits in e' Fenschter gezoge' un'
sächt: „Kribler geb Acht, mei' Sänger macht dich
noch zum e' berühmte Mann mit bene Lieder." Do
hot der Kribler bie Ohre' gewaltig g'spitzt un' sächt:
„bu bischt zu gütig, aber ich meen selber, bie Lieder
sin' gut." „„Gut? sächt der Brehm, ausgezeichnet
sin' se, bu muscht aber schun bem junge' Mann e'
bische' schö' thu', verstehscht be, baß er emol im e'
orbentliche' Concert 'was bun b'r singt, 's is e' recht
artiger Mensch, aber bu weescht, so Künschtler wolle'
all's e' bische' g'hätschlt sey'.""

„„Ja ja, bu hoscht recht, sächt der Kribler, un'
is scharmant mit bem Heinrich gewest un' hot 'n zum
Esse' ei'gelade' un' hot 'n fetirt wie er gekönnt hot,
bann der Gedanke' „der macht bich noch zum e' be-
rühmte Mann mit beine' Lieder" is 'm nimmer aus
'm Kopp 'gange'. Der Heinrich is bann oft in's

Haus kumme' un' bo hot natürlich nit verborge' bleibe'
könne', daß er 's Lische' gar zärtlich betracht' hot un'
sie ihn aach, un' ebe'so hot der Kribler bemerkt, daß
der Brehm über beß Gethu' vun benne' junge' Leut
sich eher g'freut hot, als daß er eifersüchtig obber bös
worre' wär'.

Do is der Kribler uffemol brummig worre' un'
bsunners gege' 's Lische' un' bei Gelege'heit hot er
sich gege' sein' Freünd b'rüber ausgsproche'.

„Sich! Brehm, sächt er, es will sich zwische' dem
Heinrich un' 'm Lische' e' Verhältniß mache' un' beß
is mer nit recht. Ich weeß' wohl, daß mei' Lische' e'
braves orentliches Mädche' is, aber 's g'fallt mer nit,
daß se ihr Neigunge' so gschwind wechsle' kann. 'S
is noch ke' Johr, daß se bei meiner Schweschter in
Franke'thal war un' bo hot mer die gschriebe', daß e'
gewisser Haller, e' Dichter, 'n tiefe' Ei'druck uff's
Lische' gemacht hätt' un' ich hab' wohl zwische' be'
Zeile' lese' könne', daß sich sogar e' merkliche Liebschaft
a'gspunne' hot. Du weescht mei' A'sichte' über die
Poete' un' über's Versmache'; gel' e' Wolk', vun der
Aurora bescheint, sicht aus wie e' lebendiges Feuer,
aber der Ofe' in der Stub' werd nit warm bruun
un' vun' Rose' un Vergißmei'nicht kann mer ke' Brod
backe'. So is es un' drum hab' ich energisch gege'
'm Lische' sei' Verhältniß zu dem Haller protestirt un'
doch g'steh' ich, daß es mer wibberwertig is, daß 'n
beß Mädche' so g'schwind vergesse' hot un' jetz' mit

dem Heinrich grab so thut, wie sellemol mit dem annere."

Der Brehm hot Müh' g'hat, nit zu lache' un' sächt, ohne' uff die Reflexione' rum Kribler ei'zugeh: „„der Heinrich wär' e' guti Parthie for's Lische, der macht emol sei Carriere.""

„„Ja, sächt der Kribler, ich hab selber schun bra' gedenkt un' 's wär' doch aach for unser' Famill e' Ehr', wann mer bun meine' Compositione' rebbe' thät, beß wär Alles recht schö' un' gut, aber wer steht mer drfor, daß 'n 's Lische' aach werklich so gern hot, wie's zum heurate' g'hört un' daß ihr nit morge' wiebber e' annerer g'fallt. So a'genehm als mer der Heinrich is, so muß ich doch sage', daß es mir lieb wär', wann er vorläufig abreese thät, ich thät mich nocher am Lische' besser auskenne'."

„„No' sich'! Kribler, beß macht sich in be' nächschte Tag', dann der Heinrich hot 'n Ruf an e' Kapell' in Meenz 'kriecht un' muß fort. Ich hab' dr beß schun sage' wolle' un' zugleich, daß ich morge e' Abschieds= Diner for 'n gebe' will. Do kummscht be mit 'm Lische un' bo wolle' mer bei' Wein'lieber singe' un' recht luschtich sey'; 's annere wolle' mer der Zeit überlosse'.""

Der Kribler war's zufriede' un' der Brehm un' 's Lische sin' noch in be' Garte' gange', Blume' zu hole', un' hot nocher beß Mädche 'm Vater g'sagt, wie se sich uff beß Abschiedsbiner freue' thät, beß thät gewiß recht luschtig werre'.

„Wie kann se sich bo drüber freue', hot der Krib=
ler bei sich gedenkt, mer freut sich doch nit, wann een's
fortgeht, beß mer gern hot; ich versteh's nit, nor beß
is mer klar, daß 's Lische' wiebber in die Stabt muß
um mehr junge Leut' zu sehe', dann bei so eme un=
erfahrene Ding is leicht Hahn im Korb sey', wann
nor ee' Hahn bo is." —

Der Tag for 's Abschieds=Diner is kumme', die
Eßstub beim Brehm war mit grüne' Kränz' geziert,
der Tisch prächtig gedeckt, un' Alles feschtlich hergericht'.
Der Brehm hot den Kribler un' 's Lische mit seiner Equi=
page abhole' losse' un' hot der Kribler 'n schwarze Frack
a'g'hat un' e' weißi Cravatt', un' 's Lische' hot wie e'
weißes Täubche' ausgsehe', so fei' un' so nett un' hot
ihr e' zierliches Rose'sträußche' vor der Bruscht gar gut'
g'stanne'; der Cantor als alter Hausfreund war aach
bo un' sie, e' guti huzlichi Zahnraffl, die aber 's
Lische' gar gern g'hat hot. Alles is ganz vergnügt
geweft un' 's war eher als wann's e' A'kunftsbiner
for be' Herr Heinrich wär', dann der war aach im
beschte Humor. Wie dann e' hübscher Theel vun der
uffg'stellte Weinbibliothek ausgelese' war un' der Hein=
rich hot a'gfange' zu singe', so is es wie e' wahri
Glorie über die klee' Gsellschaft kumme'. Am mehrschte
Effect hot aber 'm Kribler sei' Composition zu dem
alte Lied vun Novalis gemacht:

„Auf grünen Bergen warb geboren
Der Gott der uns ben Himmel bringt zc."

Wie beß g'sunge' war, hot sich bann aach der Kribler
nit enthalte' könne', bem Heinrich 'n Toast auszubringe'
un' is uffgstanne' un' hot ganz begeischtert g'sagt:
bem Sänger bring ich e' Hoch aus, der's versteht wie
kenner, e' Lied lebenbich zu mache' un' baß es wohl=
thätig farbig wie e' prismatischer Sunne'strahl zum
Herze' bringt; bem Sänger bring' ich's, der Kunscht
un' Natur so herrlich in harmonischm Klang zu ver=
binne' weeß, vivat hoch, es leb' der Herr Heinrich! —
Un' bo habe' se gerufe' hoch)! der Brehm hot aber
gsagt: „lieber Kribler, bei so eme Toast muß mer
ben Mann beim ganze' Name' nenne', es leb' unser
Heinrich Haller hoch!" un' 's Lische un' bie annere
habe' wiebber gerufe', bem Kribler aber is bie Stimm'
stecke' gebliebe'. „Ja lieber Freund, sächt der Brehm,
beß is der nähmliche Haller, der bie Gebicht gemacht
hot, bie be' kennscht, der 's Lische' liebt un' ben sie
liebt un' for ben ich jetz' um se anhalt'; bein'm alte
Freund werscht es nit übl nemme', wann er bie G'schicht
gericht' un' arrangirt hot, wie se 'gange'. is un' hot's
der Brehm recht gemacht, so b'sinn' bich nit un' sag'
Ja! — Un' bo hot der Kribler gerufe': „Ja! un' noch=
emol vun Herze' Ja!" un' is 'm Lische' um be' Hals
g'falle' un' hot se' so zärtlich geküßt wie nie, bann
er hot ihr so was abzubitte' g'hat. Un' beß Ab=
schiedsfescht is e' Verlobungsfescht worre' un' der Haller
un' Lische' e' glückliches Paar. —
  Un' so sicht mer aus bere' kleene' Gschicht', wie

es gut ei'gericht is, baß jeder Mensch sei' schwachi
Seit hot, dann wer weef' wann beß nit wär', ob nit
der Brehm un' der Kribler mit ihre' Projekt um 's
Lische' bockbeenig gebliebe' wäre' un' nocher hätt' beß
gute Kind am End ihr'n Heinrich gar nit 'kriecht. —

Drei Freier.

Genrebild in einem Akte.

Personen.

Christina Appl, Holzhändlerswittwe.
Gustl, ihre Tochter.
Kaspar Semser, Weinhändler.
Philipp Berger, Maler.
Jean-Baptiste, Jäger.

Die Scene spielt in einem Dorfe bei Neustadt a. d. H.

1. Scene.

Wald. Semser auf einer Rasenbank. Später
Jean=Baptiste.

Semser (ein Schreibbuch in der Hand, in das er öfters hineinsieht).
'S is doch e' wahres Elend for 'n vernünftige' Mann,
wann 'n die Lieb sekire' thut. Der Franzos sächt nit
umesunscht: Vive la pipe, le diable emporte l'amour!
Ja emporte! nir emporte! wo se sich emol ei'genischt
hot, do sitzt se fescht, ja recht fescht aach noch! Wie
oft hab' ich zu mir gsacht: Kaschper sei gscheibt, guck
die Mädcher nit zu viel 'a, 's is nir mit 'n, sie führe'
dich doch nor an der Nas' rum, Kaschper nemm dich
in Acht, verlier' bei' Freiheit nit un' so fort. Ja
wohl! Do zwickt die Guschtl die Aage' nor e' bische'
zamma un' lacht mit ihre Perle'zähn un' alli Philoso=
phie is wie weggeblose'. No' ke' Unglück kann mers
am End freilich aach nit nenne', wann ich se heurat',
's is nor so widderwärtig, daß mer so viel dorch=
mache' muß bis es endlich drzu kummt. Un' e' Spitzbu'
is die Guschtl, wie ihr nor ei'fallt mich Räthsl rothe'
zu losse', un' glei' drei, eens verzwickter als beß anner'.
Bsinn mich schun zwee Täg' über beß dumme Zeug
un' kann halt nir 'rauskrieche'.
(Schaut wieder studirend in das Buch.)

12 *

Jean-Baptiste (von der Seite kommend und den Semſer ſehend). Die Gränk nochemol, is beß nit beß dicke Männche, beß ſich an die Guſchtl mache' will un' als Bouquet= cher un' Obſt un' Wei' ſchickt. Wart Kerlche, du kummſcht mer grab recht. He Monſieur! Was habe' Se bo in dem Wald zu thu'?

Semſer (fährt auf und ſchaut den Jäger verwundert an). Was ich bo zu thu' hab', beß werd wohl be' Herr Jägers= mann nix a'geh', meen ich, he?

Jean-Baptiste. Nor nit naſeweis, ſunſcht geh'n Se mit mer, verſteh'n Se mich?

Semſer. Ja was ſallt Ihne' dann ei', mer werd' doch unner eme Baam hocke' berſe?

Jean-Baptiste. Un' Schlinge' lege', gel' un' ausſpionire', wo die Reh die Wechſl habe' un' bei Ge= legeheit e' Auerhenn todt ſchlage' ſo im Spatziregeh, die Späß kenne' mer all'.

Semſer. Aber um's Himmlswille' Herr Förſchter, ich ſeh doch kemm' Braconnier gleich. Wiſſe' Se, wer ich bin? beß will ich Ihne' ſage', ich bin der Wei'= händler Semſer vun Neuſtadt, hab' mich erſcht etablirt bo, un' bin e' vermöglicher Mann!

Jean-Baptiste. So? Sie ſin' der Semſer, der alls der ſchöne Guſchtl nachſchleicht wie e' Fuchs eme junge Hinkel. Merke' Se ſich, die Guſchtl is mei' Schatz un' Sie unterſteh'n ſich nimmer, bo Viſite' un' Couralie' zu mache', beß ſag' ich Ihne'.

Semſer (ſpringt auf). Ja, was Dunnerwetter noch=

mol, Sie werre' mer wohl nit vorzuschreibe' habe',
wo ich hi'geh' soll un' wo nit, un' wann Se voller
Herschfänger un' Flinte' hänge' thäte'. Sie könne' Jhr'
Späß mit eme Jüngling wie der Moler Berger is,
probire', der aach zu Appl's kummt, aber mich ver=
schrecke' Se nit un' wann Se hunnertmol der berüch=
tigte Jean=Baptiste selber wäre'.

Jean=Baptiste. Was? berüchtigt? ich bin der
Jean=Baptiste, un' nochemol so e' Wort, so gebe' Se
Acht, wie ich mit Jhne' umspring'.

Semfer. No, no, no, berühmt hab' ich sage'
wolle', aber in der Terkei lebe mer' nit, mei' lieber
Freund, mir habe' unser gute Jnstitutione', wo be'
orbentliche Mann schütze' un' mer habe' unser Assise
un' 'n Code penale un' nochemol sag' ich's, ich geh'
hi' wo ich will un' loß mich nit verschrecke' un' loß
mich nit comandire'. Un' wär' der Herr Jean=Baptiste
bei der Guschtl Hahn im Korb, so hätt' ich aach was
bdrvun g'hört, beß is aber nit so un' ich sag's Jhne'
in's Gsicht, alle Respect for Jhrer Stärk' un' Corage,
aber so e' zartes Mädche wär' doch nir for Jhne'.

Jean=Baptiste. Aber for Jhne' wär' se, ei
guck eener emol beß zarte Männche, so zart wie e'
Burgunderfaß, kann sei', daß die Reef vun Silber sin'
un' daß die beß Mädche locke' solle'. Desto schlimmer.
Ich hab's Jhne gsacht, daß ich's nit leide' will', wie
Se der Guschtl nochlaafa, un' ich leib's aach nit, denke'
Se an mich. (Drohend ab.)

Semfer. Was beß an' impertinenter Menſch is, so 'was is mer doch noch nit vorkumme, bo sin' bie Baure im Obewalb noch Engl bagege'. Deß ging noch ab, ſtatt ber Guſchtl ihr Hand zu krieche', die Tatze' vun dem Bär uff'm Leib zu habe'. 'S Glück is nor, baß er ſelte' zu Appl's kumme kann, weil er zu weit wech wohnt un' weil 'm 'n Wildbieb zu fange' über Guſchtl un' Heurat un' Alles geht. Jean=Baptiſte?! was sich der Vorſch nor' ei'bilb't! Tragt ber Renomiſcht 'n Herſchfänger un' git ke' Herſch uff ke' Meil' Wegs! Ne', mei' Lieber, bu machſcht mer bie Gäul nit ſcheu un' bie sülberne Reef sin' am Enb' boch mehr werth als bei' Eife'= freßerei. Die Guſchtl kann mich gut leibe', beß is gewiß, ich verſteh nor nit, warum ſe alls lacht, wann ich uff e' Heurat a'ſpiel', was is bann bo zu lache', un' mir zuzumuthe' Räthſl uffzelöſe', beß is boch aach e' Ei'fall wie e' Haus. Aber ſo sin' die Mädcher un' beß is bie Gſchicht, grab weil ſe ſo sin', sin' ſe pikant. Die bumme Räthſl ärgern mich, aber wart'! bo is ber alte Paſchtor ber alls in bie Wei'ſtub kummt, ber kennt allerhand ſo Späß, ber muß ſe 'rauskrieche', ich ſag', ich hätt' ſe emol im e' Blättche' geleſe. Aber nocher, mei' liebi Guſchtl, loß ich mich uff ſo Zeug nimmer ei', aut ober n'aut heeßt's nocher un' was gilt's, sie werd bie Mabame Semfer un' bem Jean= Baptiſte macht mer (Gebehrbe mit ber Hand) — e' langi Naf. (Ab.)

(Verwanblung.)

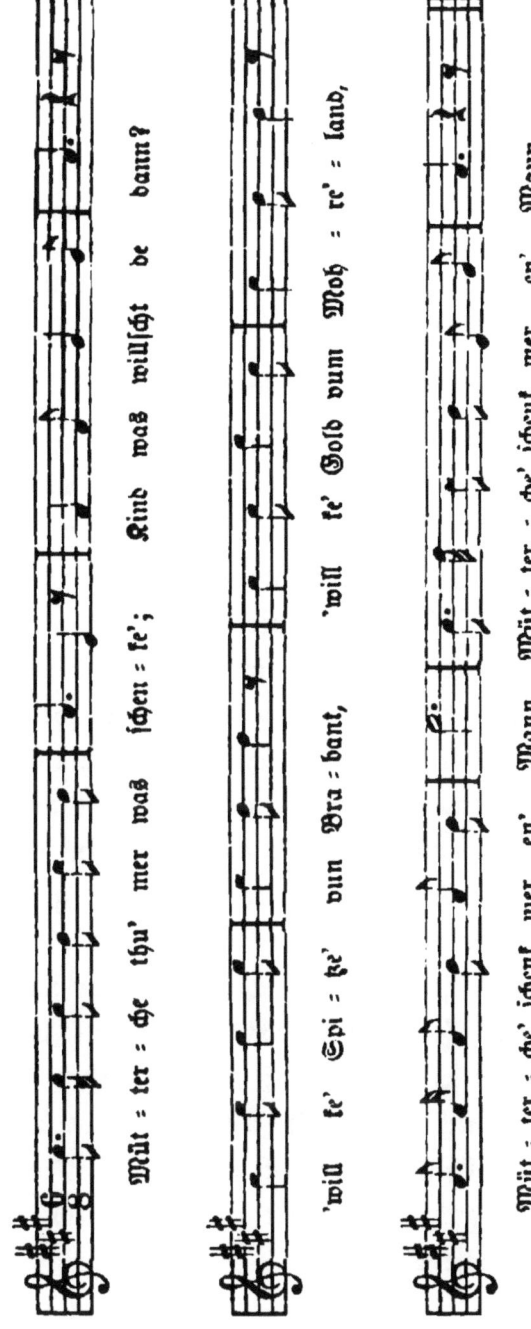

Lied pag. 183.

2. Scene.

Das Innere eines ländlichen Hauses, Zimmer und anstoßende
Kammer (links). Neben der Mittelthüre, die in's Zimmer
führt, hängt rechts an der Wand das Bild eines Mädchens,
der Gustl. Auf einem Tisch ein Blumenstrauß, Visitenkarte.

Gustl tritt auf.

(Den Strauß sehend) Guck emol, schun wieder e' Bouquett=
che', gewiß vum Herr Semser. (Sieht die Karte.) Ja richtig,
un' wie zärtlich „dem holbe' Gustche". O mei' lieber
Herr Semser, deß Blume'schicke' könnte' Se sich spare',
's helft Ihne' doch nix. 'S is schun merkwürdig, daß
der gute Mann gar nit merke' will, daß ich 'n nit
mag. So grad 'raus kann mer's doch aach nit sage',
deß thät sich jo nit schicke', aber hinnerum hab' ich's
oft genug zu versteh' gebe', aber er merkt's nit. Ich
wollt' noch nix sage', wann er mein' liebe Philipp nie
g'sehe' hätt', aber er kennt 'n recht gut un' wees, daß
er mer g'fallt. Wann er jetz' nor e' bische sei' dick
Knolle'figur mit dem schlanke' hübsche' Philipp vergleiche'
wollt', so müßt er doch selber bruff kumme' daß mer
der besser gfalle' muß wie er, aber nee. Er meent
halt sei' Geld thät Alles ersetze'. Ach Gott, hätt'
mei' Philipp obber ich nor die Hälft' brvun, so wär's
lang gut, aber er hot wenig un' ich schier nix, deß
sin' böse Aussichte'.

(Beschäftigt sich mit Wäsche oder dergl. und singt.)

Lieb.

Mütterche' thu' mer 'was schenke',
Kind was willscht be dann? —
Will ke' Spitze' vun Brabant,
Will ke' Gold vum Mohre'land,
Mütterche' schenk mer 'n Mann! rep.

Mädche' was thuscht be' verlange',
Loß die Männer geh',
O sie sin' all' eenerlei,
Sin' gar bös' un' kenner treu,
Bleib' du nor lieber allee'. rep.

Mütterche', kann nit begreife',
Wie mer beß sage' kann,
Eener doch is, den ich weeß',
Der is treu un' is nit bös',
Geb' mer den eene zum Mann! rep.

(Philipp tritt ein.)

Ei bo is er! (springt ihm entgegen.) Schöne gute Morge' lieber
Philipp!

Philipp. Guten Morgen, herzallerliebstes Gust=
chen, gelt', ich komm' ein bischen spät, ich muß dir
sagen, ich fahre heute Mittag nach Mannheim, wegen
meines Projekts, wegen des gewissen Conservators,
und da hatte ich noch allerlei zu besorgen.

Gustl. Wann's nor gut geht, lieber Philipp,
dann sich! die Mutter meent bis jetz' alls noch, 's
wär' nor so zum Spaß, daß de' mer hübsche Sache'
sächschst un' mei' Bild so schö' gemolt hoscht, wie f' es
aber nemme thät, wann se wißt, wie's e' heiliger

Ernſcht is un' wie mer nie enanner loſſe' wolle', gel'
lieber Philipp, nie, nie, was ſe bo ſage' thät weeſ'
ich nit.

Philipp. Sei ruhig, liebes Kind, es wird ſich
Alles machen. Mein letztes Bild hat in Mannheim
gut gefallen und der Kunſtverein hat es gekauft, auch
ſchreibt mir ein Freund, daß die Gräfin Rockdorf ein
ähnliches für ihren Mann beſtellen will. Wenn ich
nur einmal bekannt bin, ſo wird es an Arbeit nicht
fehlen. Aber Geduld müſſen wir haben. Ach liebe
Guſtl, ich gebe wohl gute Lehren, hab' aber ſelber
keine Geduld und du, die morgen nach Gefallen eine
reiche Frau werden kann, eine Madame Semſer, wird
dich die Geduld nicht verlaſſen?

Guſtl (lacht). Ach Philipp, mit dem gute Semſer
hab' ich die Tag 'n Spaß g'hat, deß muß ich b'r er=
zähle'. Er hot mer wiedder um Heurate' vorgebablt
un' um 'n los zu werre', ſag ich, e' alti Baſ', die
Kathrin, hätt' mer gſacht, wann ich heurate will, ſoll
ich ſo be' Verſtand prüfe' dun mein'm künftige' Mann,
dann wann mer do nit gut zameſtimme' thäte, wär's
nir. Dernocher frocht er, wie ich dann deß a'fange'
woll'. Jetz' hab' ich gſacht, die Baſ' hätt' mer Räthſl
gebe', die ſoll ich rothe' loſſe', un' an dem thät ich's
kenne', un' ſag' 'm die Räthſl, die hot aach die Kathrin
werklich ſelber gemacht.

Philipp. Nun da bin ich begierig, aber ich bitte
dich, zähl' nicht darauf, daß ich ſie herausbringe.

Guftl. Ei bewahr'. Jetz' geb' Acht, 's sin' drei. Deß erschte is, was is beß?

> Zu Weißeborg im Dum
> Do wachst e' geeli Blum
> Un' wer die geel' Blum will habe',
> Der muß ganz' Weißeborg verschlage'.

Gel' is hübsch?

Philipp. Ja hübsch, aber wer bringt's 'raus.

Guftl. Deß is jo ebe' die Gschicht. Sich! Philipp, beß is der Dotter im Ei, weescht be', der Dotter is die geel' Blum un' 's anner is Weißeborg. Gel' hübsch. Jetz geb Acht, deeß zweete is:

> Wann se kumme' so kumme se nit
> Un' wann se nit kümme' so kumme se?

Philipp. Aber diese Idee, wie einem nur so etwas einfallen kann!

Guftl. Verstehscht be beß sin' die Taube' un' die Erbse', wann im Frühjohr die Taube' kumme', so kumme die Erbse' nit un' wann' die Erbse' kumme', kumme' die Taube nit. Gel' is ganz richtig. Un' beß britte is: Ringsrum bloo un' in der Mitt' e' Quetsche'kern un' doch ke' Quetsch. Philipp sich! beß is e' bayrischer Soldat, der 'n Quetsche'kern gschluckt hot!

Philipp. Ei Guftl, das ist der Fourirschütz vom Oberst Trenk in Mainz, der schluckt „die Kern mit de Quetsche". O du armer Semser! Aber Guftl, das hätt' ich nie geglaubt, baß bu die Leute so necken kannst.

Guftl. Ei lieber Philipp, ich muß boch aach e'

bische' 'n Spaß habe' for die Langweil, die mer der
Semser mit seine' Zärtlichkeite' macht, unb vielleicht
kummt's 'm boch emol, baß er benkt, 's is nix mit'
m'r un' loßt mich in Ruh.

Philipp. Golbige Gustl, wie froh bin ich, baß
mir bie Aufgabe nicht geworben, mit biesen Räthseln
beine Liebe zu gewinnen, aber was thust bu benn, wenn
sie ber Semser boch auf irgenb eine Art herausbringt?

Gustl (lacht). An beß hab' ich noch gar nit gebenkt,
werb' mer schun 'was ei'falle'. Aber e' annri Sorg'
is es, bie mich quält. Du kennscht jo ben Jäger, ben
Jean=Baptiste?

Philipp. Gewiß, ich habe ben Burschen ein
paarmal im Walb gesehen unb er betrachtete mich
immer mit wilben herausforbernben Blicken; bas war
mir aber gerabe recht, benn nun bilbet er als Lanbs=
knecht bie Hauptfigur in meinem neuesten Bilbe.

Gustl. Philipp, ich sag' b'r, ber Jean=Baptiste is
e' böser Mensch un' e' gewaltthätiger Borsch, mer
sächt er hätt' schun 'n Bauer tobtgschoße' un' eme
Müller hot er 'n Arm abgschlage' beim Streit im
Werthshaus. Er is früher alls emol zu uns kumme'
un' hot bsunners mit ber Mutter freunblich gethan,
aber 's letschtemol, 's werb jetz' acht Täg' sei, baß er
bo war, ich sag' bir bo hot er mich so wibberwärtig
zärtlich a'geguckt, baß mer ganz unheemlich worre' is.
Dernocher sächt er: „Guschtl, bu muscht aach schieße'
un' jage' lerne', bann beß g'hört sich for 'e Jägers=

fraa." Jetzt hab' ich gsacht, warum ich dann e' Jägers=
fraa werre' soll, fiel mer gar nit ei' un' do sächt er
recht frech: „werd b'r schun eifalle' mei' Schatz, beß
weeß' der Jean=Baptiste besser."

Philipp. Es wird ihn doch die Mutter nicht
protegiren?

Gustl. Mei' Gott, die Mutter fercht't 'n wie ich,
aber sich! emol hätt' die Mutter recht nothwendig 100
Gulde' gebraucht, e' alti Schuld zu zahle', an die ke'
Mensch mer gedenkt hot un' sie hot's nit g'hat un'
erzählt droun, wie er juscht do war. Do hot er gsacht,
Fraa Appl, die 100 Gulde' geb' ich Ihne', sie sin'
bei Ihne' gut uffghobe'. Die Mutter hot's freilich
nit a'genumme' aber ob's es nit hinnenoch doch getha'
hot, beß weeß' ich nit, 's wär' erschrecklich, wann se
gege' den Mensche' e' Verbindlichkeit hätt'.

Philipp. Ei liebe Gustl, da mach dir keine
Sorgen, hab' ich auch wenig, mit hundert Gulden
kann ich doch auch aushelfen; such' nur von der Mutter
zu erfahren, wie es steht, ich geb' dir das Geld von
Herzen gern.

Gustl (nimmt ihn bei der Hand). O mei' Philipp, du
bischt recht gut.

Philipp. Und will er mit Gewalt Händel haben,
nun wohl, so soll er's probiren, ich will mir schon
Ruhe verschaffen.

Gustl. O du lieber Himml, nor so 'was nit,

aber ich hoff', die Mutter is 'm nir schuldig, 's is mer nor so ei'gfalle'. (Man hört eine Uhr schlagen.)

Philipp. Horch jetzt schlägt's elf Uhr, Kind jetzt muß ich fort. —

Gustl. Un' ich geh' noch e' bische' mit b'r, tumm geh' mer durch be' Garte über die Wies' (setzt einen Strohhut auf) so, (im Abgehen) bo is es näher un' könne' mer noch e' bische' plaubre. (ab.)

3. Scene.

Die Mutter Appl tritt auf, bann Semser, später Gustl.

Appl (bleibt einen Augenblick vor dem Bild steh'n, geht bann in den Vordergrund, einen Brief in der Hand). O du guti Guschtl, was beß noch werre' werd. Ich weeß' nit was sich e' Mutter wünsche' soll, e' hübschi Tochter oder le' hübschi. Ich meen schier le' hübschi wär' besser, bann bo is boch e' Ruh im Haus un' wann se brav und gscheidt is, kriecht se ihr'n Mann aach, bann Heurate' un' Courmache' is zweeerlei. Wann aber eene hübsch is, was is beß for e' Gelaaf unb Gethu bun ältere Männer grab so wie bun be' junge Leut. Un' wer weeß' wann se eener heurat', ob er se nit bloß wege ihr'm schöne G'sichtche nemmt un' wie lang 's mit 'm Schö'sei' dauert, bo könnt' ich e' Lied brvun singe', bann ich war grab so e' hübsches Mädche' wie die Guschtl. Was mer beß Kind Sorge' macht! Der Berger is gar nir als e' guter Jung un' der g'fallt

ihr, beß hab' ich wohl gemerkt, der Semser wär ke'
so übli Parthie, aber den mag se nit un' jetz' die
Gschicht' mit dem Jean-Baptiste, ich weeß gar nit wo
mer der Kopp steht.

Semser (unter der Thür). Stör' ich nit, Fraa Appl?

Appl. Ah der Herr Semser, kumme' Se nor
'rei'. Sie mache' heut zeitig Ihr'n Spaziergang.

Semser. Hab' g'hört, daß morge' der Fraa
Chrischtina Appl Ihr Name'stag is un' do hab'
ich mei' Gratulation heut schun mache' wolle'.

Appl. Sie sin' zu gütig, ich bedank' mich gar
schö', Herr Semser, wie geht's Ihne' dann mit Ihr'm
neue Landhaus, sin' se zufriede'?

Semser. So ziemlich, Fraa Appl, wisse' Se, e'
bische' einsam kummt's mer for, 's fehlt mer so, was
mer sächt, e' Ansprach, aber ich hoff' beß macht sich
aach, dann sehen Se, Fraa Appl, ich will heurate'.

Appl. Ei was un' derf mer wisse' wen?

Semser. O Sie kenne' mei' Auserwählti gar
gut, 's is e' recht hübsches braves Mädche' un' ich
denk' mir sin' so weit nit vunanner, sie will 'n ver-
verständige', mer derft schun sage' 'n geischtreiche' Mann
un' ich meen, ich kann die Prob' b'steh'. Natürlich,
liebe' Fraa Appl, in meine Verhältniß un wann mer
so e' groß' Geschäft hot, do is nit genug, daß Spiri-
tus im Wei' is, 's muß aach e' bische' eener im Kopp
sei', dann Sie wisse' wohl, jetziger Zeit, wo die Cham-
pagnerfabrikation so e' wichtigi Roll' spielt, muß unser

eenes schun e' bische' mehr wisse' un' studire' als vor fufzig Johr, denke' Se nor an die Chemie.

Appl. Die Chemie, Sie werre' doch, nemm' e' S' es nit übl, wann ich so schwätz', Sie werre' doch Ihr Wei' nit schmiere'?

Semser. Ei warum nit gar, aber wisse' Se, die Chemie braucht mer schun for die Entwicklung der Kohlensäure!

Appl. Der Kohlensäure?!

Semser. Ja mei' liebi Fraa, sehen Se die Kohlen= säure is es, die be' Knall macht un' wisse' Se beß luschtiche' Moussire', beß ist die Kohlensäure!

Appl (verwundert.) Deß is die Kohlensäure? bo hab' ich mei' Lebtag nir broun. g'hört.

Semser. Ja sehen Se, beß is halt der Fort= schritt, es is mühsam mitzelaafa, aber Sie begreife', beß weckt be' Verstand, beß bringt 'n vora'!

Gustl (tritt auf). Gute' Morge', Mutter, 'sehl mich, Herr Semser.

Semser. Ah! Fräule Guschtche, aach schun spazire' geweßt?

Appl. Warscht be' im Garte'?

Gustl. E' bische', Mutter, 's is schö' heut im Garte' un' bo is unser Nachber, der Herr Berger, durchgange', weil 's der nähere Weg uff die Eisebahn is un' bo bin ich e' Stückche' mit 'm gange', er is noch Mannem.

Semser. Sage' Se nor, wer is bann der Ber=

ger, baß er e' Moler is weeß' ich wohl, aber was thut er dann all hier? Er is ke' Pälzer?

Gustl (setzt sich an den Tisch.) Ich dank' for's Bouquet, Herr Semser, deß sin' jo prächtige Rose'. Ja der Berger, sage' Se, was er hier thut, er molt, er is vun drübe' 'rüber, aus Bayre', un' is schun e' zeit= lang in Mannem, aber wisse' Se, er molt lieber hier, er sächt 's is schöner hier.

Semser. Do hot er freilich recht, mir g'fallt 's hier aach besser als in Neustadt un' is ke' Wunner (während dem macht sich die Alte an einem Kasten zu thun und trägt Leinenzeug weg und geht ab. Semser fährt fort) un' wisse' Se, Guschtche, warum 's mer hier besser g'fallt, — wege' Ihne', weil Sie do sin'.

Gustl. Mei' geh'n Se, was wär' so bsunners an mir?

Semser. Sehen Se, deß g'fallt mer so an Ihne', daß Se vum e' Mann Spiritus, Phantasie, Poesie un' so was verlange', was mer nit alle Tag finne' thut.

Gustl. An was habe' Se dann deß gemerkt?

Semser. Ja sehen Se, der Semser merkt aller= hand, wo mer net bra' denkt, mer sicht's 'm nit a', un' meene Se dann ich hätt' die Räthsl, die Se mer uffgebe' habe', nor for e' Späßche' genumme'? Ne, lieb's Guschtche, 's is richtig, mer kann brmit uff e' luschtigi Art werklich e' Prob' mache' wie bei 'm Verstand der Barometer steht, gel 'e Se.

Gustl. Ei richtig die Räthsl, no' habe' Se eens 'rausgebracht?

Semser. Alle drei hab' ich se: Dotter im Ei, Taube un' Erbse', bayrischer Soldat mit 'm Quetschekern! Aha, habe' mer 's Mädche' g'fangt, sächt se jetz' ja? soll ich die Mutter rufe'?

Gustl. O bewahr', 's war nor e' Spaß vun mer, aber doch wär's besser gewest, Herr Semser, wann Se die Räthsl nit 'rausgebracht hätte'.

Semser. So? un' warum dann? was soll dann beß wiebber sei'?

Gustl. Ja sehen Se, mei' Baf' hot gsacht, Guschtl, 'n Mann, der die Räthsl b'erroth', den nemm jo nit, dann der is viel zu gscheibt for dich, nebe' so eem bleibscht de e' Gänsche' bei' Lebtag un' derfscht gar kenn' Wille' habe' un' ke' Meenung un' gar nir.

Semser. Was?! Die Baf' hot ihr Raupe', beß merk' ich, aber 's helft doch nir. Wahrhaftich Guschtche, die Baf' hot recht, ja recht hot se, wer die Räthsl 'rauskriecht muß 'n übermenschliche' Kopp habe', aber glücklicherweis kann ich schwöre, daß ich se nit 'rausgebracht hab', ne' Guschtche gewiß nit. Sehe' Se, 's is so, e' alter Paschtor ben ich kenn un' der voll so Witzlercie' steckt, der hot mer die Ufflösung gsacht, ja gucke' Se nor, 's is so, so wahr ich Semser heeß'.

Gustl. Was?! Sie lüge'? Sie habe' mich a'geloge' un' hinnergeh' wolle'. Ei ei Herr Semser, bo fin' mer fertig minanner, dann mei' Baf' hot gſacht, Guſchtl, 'n Mann der dich a'lügt, den nemm ſchun gar nit, bo weeſcht be' nie, wie be bra' biſcht, bo biſchte verrothe' un' verkaaft. Ne Herr Semſer, mit uns is es nir, bo b'hüt' mich der Himml. (Läuft fort.)

Semſer (ihr ſtumm nachſehend, dann zornig). O du heemtückiſchi Mamſell! — War beß Spaß obber Ernſcht? Ich verweeſ' mich gar nit! G'ſchieht mer aber recht, was treib' ich's aach ſo romane'haft un' loß mich mit Räthſl narre' un' bring' Blümcher un' Bouquettcher un' ſtell mich a', als wollt ich Paul un' Virginie ſpiele' un' Hermann un' Dorothea! Dummes Zeug for 'n etablirte Mann wie ich, der e' großartiges G'ſchäft hot un' an annere Sache' zu denke' als an Liebesgewinſl un Seufzerglückſeligkeit. Hätt' ich gar nir mit dem Backfiſch verhand'lt un' die Gſchicht' vernünftig mit der Mutter abgemacht, ſo wär' beß Guſchtlche ſo ſicher mei', als die Sunn' am Himml ſteht. For was hab' ich dann Geld un' Staatspapiere e' ganzi Kiſcht voll! Die alt' Appl hätt' ſchun lang gern beß Häusche bo ſchulbefrei gemacht; e' Paar ſo Papiercher als e' Preſent, e' biſche' Inſtruction über Kinnerverſorgung u. ſ. f., bo werd mei' Vogl bal' anners peife', un' die Baſ' bo, die nir zu nage' un' zu beiſe' hot, die werd mer aach noch 'rumkrieche könne'. Was gilt's, for e' kleeni Penſion bringt ſe der Guſchtl ganz annere Heuratstheoriee' bei. 'S beſchte wär' freilich, wo anners a'zukloppe'. O! 's

Schmids Lische thät mer gewiß mit eme freunbliche
Gsicht die Thür uffmache', un' die Schläg' die mer der
rothkoppige Jäger octrohre' will, die könnt' ich aach
dem Berger überlosse', aber nee', juschtement jetz' setz'
ich mein' Kopp uff die Guschtl! Also 'raus mit de'
Papiercher, 'raus mit benne' Pairhans, wo nir wiebber=
steht. Semser denk, daß be der Semser bischt. (Holt
seinen Stock, den er an's Fenster stellte — erschrocken) Dunnerwetter
noch emol, is beß nit der Jean=Baptiste? Wahrhaf=
tig! der werd doch nit bo her kumme', beß ging noch
ab. Ne' Gottlob der Bär geht in's Dorf. Aber fort
jetz', be' neue' Angriff zu präparire'!
(Schnell ab und dabei mit dem Finger gegen das Bild der Gustl drohend.)

4. Scene.

Die Mutter Appl tritt auf, dann Gustl.

Appl (einen offenen Brief in der Hand). Emol muß es doch
'raus, ich muß ihr's sage'. (Ruft) Guschtl! (Gustl in ihrer
Kammer: Mutter was is?) Guschtl kumm e' bische' her.

Gustl (aus der Seitencoulisse). Will Se was, liebi Mutter?

Appl. Ich hab' d'r 'was zu sage', liebi Guschtl,
setz' dich her, 's is 'was Wichtiges un' kummt mich
hart genug a'.

Gustl. Ei liebi Mutter, Sie is so ernschthaft,
Sie verschreckt mich ganz; was is dann g'schehe'?

Appl. Sich! Guschtl, in dem Brief do halt't
der Jean=Baptiste förmlich um dich a'.

13*

Gustl. Was? Mutter! der böse Jean=Baptiste, den nemm' ich mei' Lebtag nit.

Appl. Ach Kind, 's is e' bösi Gschicht'. Sich! drei Täg trag' ich den Brief schun 'rum un' hab' d'r nir saache wolle', dann ich weeß', daß be ben Jäger nit magscht, aber denk' d'r nor, heut Nacht traamt mer vun bein'm selige' Vater, vun mein'm gute Appl, un' ich seh' 'n freunblich for mer steh', wie er im Lebe' gewest is. Voll Sorge' über den Brief war mer als müßt' ich 'm was brvun sage', un' so sag' ich dann: „ach lieber Appl, der Jean=Baptiste hot um die Guschtl a'ghalte', du weescht baß es e' gewaltthätiger Mensch is, was sächscht dann du drzu? Un' bo sächt der selige Appl, ach Guschtl, ich hab's recht beutlich g'hört. *(Wischt sich eine Thräne aus den Augen.)*

Gustl. Um's Himmelswille', Mutter, was hot er gsacht?

Appl. Er hot ganz ruhich un' feierlich gsacht: „der Jean = Baptiste werb 'm Guschtche sei' Glück macha".

Gustl. Nit möglich, Mutter, beß kann der liebe Vater nit gsacht habe', *(heftig und weinend)* ne' be' Jean=Baptiste kann ich nit heurate', nor ben Mensche' nit, nor ben nit!

Appl. Sei ruhig Kind unb sei e' bische ver=nünftig. Du weescht, 's hot wohl g'heeße, mei' seliger Appl hätt' mit sein'm Holzhaubl viel Geld gemacht, aber wie er g'storbe' is, war so wenig bo, baß mer

recht knapp dun mein'm bische' Vermöge' lebe' müsse'
un' beß werb alle Tag weniger. Der Jean=Baptiste
is e' wohlhab'nder Mann un' wann er aach e' wilder
Mensch is, sich! Guschtl, e' gscheidi Fraa kann bo
viel ännere.

Gustl. Ach liebi Mutter, ner den Mensche' nit,
e' bische' e' Lieb g'hört jo boch aach zum Heurate, ich
kann nit, ich kann nit.

Appl. Ei liebes Kind, beß stellscht be b'r alles
anners vor, als es in der Werklichkeit is. Glaab
mir, die Heurate', die so, was mer sächt, aus ere
brennende Lieb entsteh'n, sin' nit alls die glücklichschte.
Die Lieb, sich! is wie e' heef' Wasser un' der Che=
stand is wie e' kaltes Wasser; wann be jetz' e' heef'
Wasser un' e' kaltes zammagieße' thuscht so werb die
Hitz' bal' weg sei' un' über korz obber lang weeß' mer
gar nimmer, wie heef' beß eene Wasser war, mer weeß'
oft nit emol, ob's überhaupt heef' gewest is. Deß is
halt so uff der Welt un' e' Schwärmerei dun ewiger
Lieb' is dummes Zeug, mei' Kind. Die Hauptsach'
beim Heurate' is e' anständigi Versorgung un' die is
dir bei bem Jean=Baptiste garantirt, bann er hot e'
hübsches Auskumme'.

Gustl. O Mutter, ich sterb' wann ich den ge=
waltthätige Mensche' heurate' soll, un' ich muß Ihr's
ner sage', liebi Mutter, ich hab' en' annere Schatz un'
dun bem loß ich nit. (Hält die Schürze vor die Augen und schluchzt.)

Appl. Was hör' ich, wohl gar ben Moler?!
(Gustl nickt mit dem Kopf und weint fort.)

Appl (für sich). Do habe' m'rs. (Zur Gustl) Aber ich
bitt' dich, der Berger is wohl e' guter Mensch, aber
er hot halt nir un' bei' seliger Vater hot's jo selber
gsacht, daß dich der Jean=Baptiste glücklich mache' werd,
ich hab' deutlich jedes Wort verstanne'.

Gustl. Ne Mutter, beß kann nit sei', der gute
Vater hot vielleicht gsacht, daß mich der Jean=Baptiste
nit glücklich mache' werd, un' Sie hot beß nit über=
hört. Un' der Berger kann doch aach noch 'was werre',
Conservator hot er gsacht, o Mutter, ich verweef' mich
nicht vor Angscht un' Elend. (Weint.)

Appl (für sich). Sie bauert mich in der Seel', beß
gute Kind, nee ich kann's nit länger a'sehe'. So hör'
nor uff, Guschtl, wann's b'r halt gar so zu Herze'
geht, so schreib ich 'm ab in Gottsname'.

Gustl. O Mutter, golbichi Mutter! (Fällt ihr um
den Hals.)

Appl. 'S is erschrecklich, was es for Sache' git
uff der Welt, un' jetz' wiebber der Brief; ich muß zu
der Kathrin geh', bie kann mer'n uffsetze', ich bring's
nit zamma.

Gustl. Ei Mutter, beß will ich schun thu', bie
gut Kathrin schwätzt gern 'rum.

Appl. Hoscht recht, no' so mach halt e' Conzept,
aber ruhig un' artig, gel, un' ich thät' sinne' baß be
noch zu jung bischt un' so 'was.

Gustl. Ich will's mache', so gut ich kann.

Appl. No', ich muß doch zu der Kathrin, ich sag' ihr aber nir! wann ich wiedder zurückfum, wolle' mer ben Brief fertig mache'. (Ab.)

5. Scene.

Gustl. Später Jean=Baptiste.

Gustl. Ach! was ich froh bin, baß ber Storm vorbei is un' baß die Mutter fe' Geld' gelehnt hot vun bem Jean=Baptiste, dann beß hätt' se schun gsacht; so sin' doch fe' Verbindlichkeite' bo. Ich bin ganz müb' vun dem Schrecke', aber des Conzept will ich doch glei' mache'. Je früher der Brief fortkummt, besto besser. (Holt aus einem Schrank Tintenzeug und Papier und fängt an zu schreiben.)

Werthgeschätzter Herr Jean=Baptiste — Ich be= bauere Ihnen schreiben zu müssen — (ne' halt, mer berf nit so mit der Thür in's Haus falle') — Sie waren so gütig, um meine Tochter (Geräusch an der Thür, Jean=Baptiste tritt herein.) (Gustl sieht ihn.) Ach Gott, bo is er, ber schreckliche Mensch. (knickt schnell den Brief zusammen und schiebt ihn in die Tasche der Schürze; ergreift ein Strickzeug.)

Jean=Baptiste. Gute' Morge', Guschtl, (nimmt einen Stuhl und setzt sich zu ihr.) wie geht 's, Schatz?

Gustl. Dank' schö', wie 's so geht; wie geht's Ihne' Jean=Baptiste?

Jean=Baptiste. Wie 's ee'm geht, der heurate' will, mer is alls e' halber Narr. brbei.

Gustl. Ei, do solle' Se nit heurate'.

Jean-Baptiste. Ich will aber doch heurate' un' dich will ich heurate', ja guck mich nor a', ich hab' 's deiner Mutter g'schriebe' un' weil se mir nit antwort, so will ich jetz' die Antwort vun dir selber hole'. Du weescht, daß ich dich gern hab' un' daß ich dich versorge' kann, also mach' 's korz.

Gustl. 'S muß Ihne' nit verdrieße', Jean-Baptiste, aber ich denk' gar nit an's Heurate', bin recht zufriede', so mit der Mutter zu lebe'.

Jean-Baptiste. Deß heeßt nir, e' Mädche' muß e' Fraa werre, un' du wärscht beß erschte, deß nit heurate' wollt'.

Gustl. Die Mutter hot selber gsacht, ich wär' noch zu jung zum Heurate'.

Jean-Baptiste. A was, zu jung, bischt 18 Johr alt, bischt jetz' grad in der rechte' Blüh, un' machscht mer aach nit weiß, daß de' noch an kenn' Mann gedenkt hoscht; ich will dir 'was sage', uff Zimperlichkeite' versteh' ich mich nit un' wisse' will ich, wie ich bra' bin. Wann's dich aber hart a'kummt frei vun der Leber weg zu rede', so will ich dir beß spare', daß be sichscht, daß ich Rücksichte' hab' for e' mädche'haftes Wese, wie 's so Möd' is. Ich hab' jetz' 'n Gang zu mache' un' in 're Vertlstund kumm ich wiebber. Willscht be mich nit, so hängscht be e' Tuch bo über bei' Bild, beß der Pinsleleb' Berger gemolt hot, willscht be mich, so loß es wie's is. Derweil

b'hüt dich Gott un' ich hoff' dich als mei' Braut wiebber=
zusehe'. Abieu!

(Setzt seinen Hut nach der Seite auf und geht ab).

Gustl (leise und ängstlich). Weil er nor fort is! (springt
an's Fenster.) Do geht er 'm Wald zu, be' Hut schepp
uff sein'm rothe' Kopp un' schier wie e' Räuber a'zu=
sehe'. Aha, dort fahre' se Holz aus 'm Wald, er
winkt, hot wohl denne' Knecht was zu sage'. Jetz'
gschwind, er kann bal' wiebber do sei'. (Sie läuft nach dem
Waschkasten und holt eine Serviette hervor, stellt einen Stuhl vor das Bild,
steigt hinauf und verhängt es, steigt herunter und besieht es, und steigt
noch einmal hinauf, das Tuch fest hinter die Ecken der Bilderrahme ein=
zwängend.)

(Mit erhobenen Händen) O mei' guter Vater, o ver=
zeih' mer's, wann ich den Jean=Baptiste nit heurat',
o sei nit bös' drüber un' bring' uns nit in's Unglück.
— Was werd er jetz' thu'? Ich zitter' am ganze'
Leib. Im Nothfall schrei' ich daß 's ganze Dorf zamme=
laaft. — (Wirft sich ermattet in einen Stuhl, springt aber gleich wieder
lauschend auf.) Ich meen', ich hab' was g'hört. — Jetz'
hör' ich was klappre' in be' Stee' uff 'm Weg, o
du lieber Himml jetz' kummt er. (Versteckt sich hinter einem
Schrank.)

Jean=Baptiste (tritt auf). Sie is nit bo', (sich nach
dem Bild wendend) Was?! Sie untersteht sich? Sie macht
mer ben Spott?! Die Guschtl, bie ich als e' halbes
Kind schun gekennt hab', mit ber ich alls so freundlich
gewest bin, bie Guschtl, bie nir is un' nir hot, bie
will mich abweise'?! O bo steckt 'was anners brhin=

ner, bo steckt ber Bu' brhinner, ber Berger. Ei so
schlag' e' Dunnerwetter drei'! Aber wart', Moler, ich
werr' b'r zeige' mit was for eme Pinsl ich mol,
(zieht den Hirschfänger) ich werr' b'r e' Prob' bolosse', wie
ich bir noch emol bie Farb' ufffetz' (rennt auf das Bild und
haut es in Stücke) So werr' ich bich zeichne', beß sin' bie
Strich bum Jean=Baptiste! (ab.)

6. Scene.

Gustl, bann Berger unb Appl.

Gustl (bie Hände ringenb.) Bal' hätt' ich getrische', beß
is jo 'n entsetzlicher Mensch, un' ben zu heurate'! Was
er nor Alles verhaut un' verschlage' hot. Ich
hab gemeent, 's ganze Haus fallt z'amina (tritt vor unb
bleibt stehen beim Anblick bes zersetzten Bildes, welches auf bem Boden
liegt.) Mei' Bilb! beß schöne Bilb bum Philipp! wie
schab', wie abscheulich! (Hält bie Rahme mit bem zersetzten Bilb
in ben Händen.)

Appl (tritt auf). Appl. Ja was is bann beß? bei'
Bilb verrisse', Guschtl, was hots bann' gebe'?

Gustl. Ei Mutter, ber böse Jean=Baptiste hot's
getha', mit sein'm Herschfänger hot er's bun ber Wanb
runnerg'haut, weil ich 'n nit mag.

Appl. O ber Unmensch, beß is jo erschrecklich,
un' e' ganzes Loch hot er in ben Wanbbalke' g'haut,
wie kann bann beß sey'? Ei beß is jo wie hohl!
(zieht ein Paket hervor) Ja was seh' ich, ach Guschtl, beß
Paket kenn' ich, beß sin' bie Obligatione' bum selige'

Appl, die mer alls gsucht habe', guck nor guck, sechs=
tausnd Gulde'! O du lieber Gott, beß hot er nimmer
sage' könne', daß er se bo versteckt hot. O Kind, jetz'
bischt be versorgt, un' gel' der Vater hot doch recht
g'hat, daß dich der Jean=Baptiste glücklich mache' werd.

Gustl. Ja du lieber Himml wie wunnerbar!

Berger (springt den Hut schwingend herein). Conservator!
Conservator! Freue dich, Gustchen, ich habe die Stelle
bekommen, mein Landsknechtbild hat den Ausschlag
gegeben.

Gustl. Wahrhaftig Philipp?! O Glück über Glück!
(läuft zum Berger und schüttelt ihm die Hand.)

Appl (freudig.) Ei was e' Tag, was kummt heut'
Alles zamme', un' denke' Se nor, Herr Berger, mir
habe' 'n Schatz g'funne' im Haus!

Berger. Einen Schatz? O Frau Appl, ich habe
längst einen Schatz im Hause gefunden und bitte, daß
Sie mir den lassen wollen, ich verlange keinen andern.
O geben Sie mir die Hand meiner lieben, lieben
Gustl?!

Gustl. O Mutter —

Appl. Ja Kinner! jetz' hab' ich jo nir mehr
dawidder un' geb' euch dun Herze' mein Sege'!
(Philipp umarmt die Gustl, in diesem Augenblick erscheint Semser an der
Thür, betroffen stehen bleibend, ein Paket in der Hand.)

Appl. Kumme' Se 'rei', kumme' Se 'rei', Herr
Semser, denke' Se, die Guschtl is Braut, der Herr
Conservator Berger der Bräutigam!

Semfer (das Pafet einsteckend, für sich). Do habe' mer
die Gschicht! Trop tard! (gegen die andern) gratulir',
gratulir' —

Gustl (zu Semfer). Un' Sie müsse' mei' Brautführer
sey' (nimmt ihn bei der Hand) gewiß deß thun Se mer zu
G'falle', Sie sin' jo der a'gesehenschte Mann weit
'rum im Land, deß gebt der Hochzeit erscht be' rechte'
Glanz!

Semfer (für sich). Der angesehenschte Mann! 'S
is doch e' guti Seel'! (zu Gustl) Wann ich's recht sage'
will, lieb's Gusdtche, so wär' ich wohl lieber der
Bräutigam als der Brautführer, aber fait accompli!
do mach' ich fe' Gschichte' un' ich mach' be' Brautführer.

Berger. Und morgen soll die Verlobung seyn
und das ganze Dorf lad' ich ein' und alle Welt soll
wissen wie glücklich wir sind!

Semfer. Un' ich geb' be' Champagner drzu, un'
fnalle' soll er mit seiner Kohlensäure, daß mer's bis
Speier hört, un' Alles uff's Wohl vum neue Braut=
paar!

(Der Vorhang fällt.)

Druck von Ph. J. Pfeiffer in Augsburg.